Pierre R.M. Maffait

Souvenirs d'enfance
En Provence de 1941 à 1951

© 2019 Pierre Maffait

Illustrations : © Les Maffait
Couverture : Photo de Mauricette Estran en 1980 © Pierre Maffait
Relecture : Sandrine & Arnaud Deparnay
Sources : Les Maffait & le journal de guerre de mon père.
ISBN EST 9782322171996
Edition: BoD - Books on Demand
12/14 rond-point des Champs Elysées
75008 Paris
Imprimé par BoD – Books on Demand, Norderstedt
Dépôt légal : février 2019

A mes enfants et petits-enfants, et aussi à mon frère Jacques et à mon demi-frère Michaël qui n'ont pas connu cette époque.

Table des matières

Préface -- 7

L'alambic ---25

Sur le chemin de l'école-------------------------------36

L'orage -- 49

Le cochon --60

Les veillées--72

Manger pour vivre-------------------------------------84

La chasse---96

La cuisine bleue------------------------------------105

La garde des chèvres--------------------------------113

Les senteurs--123

La fête votive--------------------------------------128

Epilogue--138

Préface

Je suis né à Valence en 1941 pendant la deuxième guerre mondiale. Nous habitions, ma sœur, ma mère, mon père et moi à Bourg-lès-Valence dans une maisonnette au bord du Rhône.

Quand la sirène d'alarme se mettait à émettre un son qui perçait nos oreilles nous traversions la route pour nous mettre à l'abri. A l'aide d'une petite embarcation, il nous fallait accoster sur un de ces nombreux îlots qu'il y avait sur le Rhône. Il faut dire que derrière la maison, il y avait une fonderie où les allemands fabriquaient de l'armement lourd. L'aviation anglaise tentait de la détruire est faisait des dégâts collatéraux. Ma mère m'a raconté qu'au cours de la semaine qui a suivi son accouchement la maternité avait été bombardée et détruite avec ses occupants. A une semaine prêt….

J'ai voulu montrer à mon épouse beaucoup plus tard là où nous habitions pendant la guerre mais le Rhône avait été déplacé pour faire place à l'autoroute A7. La maison avait disparue mais la route s'appelait toujours « Quai de la verrerie », même s'il n'y avait plus ni quai ni fabrique de verres.

Après le BAC mon père avait fait l'école militaire d'Autun (choix conseillé par le frère de ma grand-mère qui était capitaine d'infanterie er héros de la grande guerre).

Ensuite il s'était spécialisé dans les chars par une formation au 504ème régiment de cavalerie à Valence. Les chevaux avaient été remplacés par des chars avant la première guerre mondiale, et dès les premiers jours de guerre le 30 aout 1939 il partait avec son escadron pour défendre nos frontières dans le nord-est de la France.

Mon père 3eme à droite

Les premiers combats furent assez rudes et plusieurs chars R 35 qui avaient avancé en terrain ennemi sautèrent sur des mines et il fallait les récupérer. Mon père fut désigné pour diriger l'opération à l'intérieur de l'Allemagne et il fallait passer à la barbe des allemands donc nécessairement de nuit. Cela prit 3 jours pour faire

10 kilomètres et les chars remorqués revenaient du bon côté de la frontière non sans subir quelques tirs d'une batterie de 75. C'était, pour plusieurs, le baptême du feu.

Peu de temps après la réorganisation des troupes du front s'exécute et mon père et son unité passe sous le commandement du colonel Charles De gaulle commandant de la 5eme armée.
Malgré cela l'ennemi se défendait et gagnait du terrain. Après plusieurs mois de Combat il quittait le nord-est de la France pour rejoindre Brest par le train qui transportait les chars et tout le matériel. Un besoin de

chars sur un autre front nécessitait ce changement et l'infanterie devait prendre le relais. Après un long trajet les troupes et les chars embarquèrent sur plusieurs bateaux pour Narvik afin de prêter main forte aux norvégiens.

En effet la Norvège envahie dès le début des hostilités en avril 40 se défendait pour interdire aux allemands l'accès au port. L'envahisseur avez besoin de transporter le fer suédois par voie maritime jusqu'en Allemagne pour des besoins militaires. Avant la guerre les allemands importaient quarante pour cent de la production suédoise transportée par train jusqu'à Narvik et avaient impérativement besoin de ce fer pour fabriquer le matériel de guerre. Narvik était le seul port praticable en hiver. Les anglais et les français envoyaient des troupes pour essayer de repousser les Allemands mais sans beaucoup de succès. 24.000 hommes contre 5000 allemands qui résisteront mieux entrainés à la guerre et au froid. Les alliés quittèrent la bataille de Narvik pour aller combattre à la bataille de France. Les allemands reprirent Narvik et son port qui ne seront libérés que le 8 mai 1945.

Le surlendemain du départ le convoi fut attaqué par des bateaux allemands, les trois bateaux de tête furent accidentés et les hommes fait prisonniers. Les autres bateaux dont celui de mon père ont pu faire demi-tour et rentrer au port. Dans le bateau de tête mon père avait un copain de lycée Joseph Piallat. Il a fait cinq ans dans un camp de prisonniers à la frontière russe. C'est là qu'il fit la connaissance de sa femme, elle aussi prisonnière, mais de nationalité russe et après la libération il l'épousa dans le village du Pègue à quatre kilomètres de Montbrison. Les retrouvailles de mon père avec son copain furent en 1980 et là nous faisions tous la connaissance d'Olga qui après trente-cinq ans ne parlait toujours pas un Français compréhensible.

Mais la guerre n'était pas finie, et les chars prirent position dans la somme pendant des semaines. Ils furent obligés de se replier face à une armée allemande bien plus performante et mieux armée. Les chefs décidèrent le repli. L'armée Française, mon père avec, fuit l'ennemi tout en défendant les places fortes. Houssaye en Brie, puis Fontainebleau, Sully sur Loire. Autant de combats qui firent beaucoup de victimes et le plus dur fut la traversée de la Loire.

Colonnes de réfugiés

L'aviation allemande et italienne bombardaient sans cesse les colonnes de réfugiés qui fuyaient leurs maisons et leurs biens. Il fallait faire traverser toutes ces familles avant de faire sauter les ponts. Mais aussi d'abandonner la moitié des chars trop lents, ainsi que les camions accidentés et surtout de nombreux soldats tués dans la bataille.

Arrivé à Saint Yrieix (haute vienne) mon père, et le reste de son unité, apprennent que la France a capitulée.

Ma sœur est née en mai 1940. Mon père ne l'a connue qu'un an après son départ pour le front. L'armée avait été dissoute après la capitulation, et mon père put alors rentrer à la maison le 25 juin 1940. Il lui fallait trouver du travail pour subvenir aux besoins de sa petite famille. Il a « fait le facteur » puis fut embauché à la fonderie, réquisitionnée par les allemands, qui produisait des canons. Il disparaissait de temps en temps et une fois, il est revenu avec une arme et un uniforme allemand qu'il a jeté dans la fosse septique. Ma mère n'a pas posé de questions et ma sœur et moi n'avons rien compris. Mon père ne nous a jamais raconté ses faits d'arme, ni après cette guerre, ni après l'Indochine ni même après l'Algérie. Peut-être pour nous protéger ? Nous ne le saurons jamais.

Après l'armistice la France reformait son armée et mon père rejoignait le 504 régiment de chars de combat qui se reconstituait lentement. Certains sous-officiers et officiers, après la démobilisation, s'étaient reconverti comme beaucoup d'autres dans la vie civile. Pendant ces cinq années quelques-uns ont obtenu une situation satisfaisante et stable et n'ont pas eu le désir de retourner servir leur pays. Mais la plupart, comme mon père, militaire de carrière, sont retournés sous les drapeaux. La reconstitution des armées ne se faisait pas sans heurts. Certains « maquisards » valeureux soldats sans uniforme avaient formé leur propre hiérarchie militaire et distribué des grades et voulaient être reconnus comme tel. Ceci créa quelques polémiques car ces soldats clandestins, héros de la résistance avaient contribué à la victoire. Si certains ont été reconnus et avait gardé leur grade acquis dans le maquis d'autres en ont profité pour sauter quelques échelons et s'approprier des grades qu'ils n'avaient pas.

Les régiments se reformaient dans toute la France, mais la guerre n'était pas complètement finie partout dans le monde.

Nous étions locataires dans notre petite maison avec jardin au bord du Rhône et mon père étant de nouveau actif se vit attribué un logement à Chabeuil. Ce bâtiment logeait les officiers et sous-officiers du 504 mais aussi ceux d'un régiment de l'armée de l'air dont je ne me souviens pas du nom et qui avait leur base à Chabeuil.

Durant cette période ma mère fut contactée par la Croix Rouge qui recherchait les familles qui pourraient s'occuper de grands blessés de guerre. Ils avaient un homme amputé des deux jambes. Après des recherches ils contactaient l'orphelinat qui s'était occupé de lui pendant son enfance et celui-ci leur avait confié qu'il avait une sœur. Après maintes recherches et grâce aux actes de mariage la Croix Rouge trouva l'adresse de ma mère.

Nous recevions donc quelques semaines plus tard un homme sans jambes qui était notre oncle. Ma mère et lui ne s'étaient pas revu depuis l'orphelinat et comme elle avait un cœur grand comme le ciel elle s'occupa de lui. Elle l'a soigné, appris à marcher avec une jambe en bois et une jambe articulée tout en s'occupant de sa petite famille. Elle faisait des allers-retours dans le couloir de la maison soutenant son frère pour l'entrainer à tenir l'équilibre et lui redonner des forces. Il nous a raconté qu'il s'était engagé dans la légion étrangère.

Bâtiment militaire à Chabeuil banlieue de Valence

C'est à la bataille de Bir Hakeim en Algérie, le 12 juin 1942 qu'il perdit ses jambes. En pleine bataille devant réapprovisionner en munitions il décida de s'asseoir à l'arrière du véhicule avec un camarade de façon à ce que, en cas de passage sur une mine, c'est le devant du véhicule qui sauterait. Par manque de chance ou par ironie du sort le camion de pouvant plus passer sur la route détériorée fit marche arrière et sauta sur une mine. Le camarade perdit la vie sur le coup et lui perdit ses jambes.

Nous avons donc vécu à cinq dans cet appartement qui, heureusement avait plusieurs chambres.

Nous avons, ma sœur et moi, changé d'école et de copains en quittant Bourg-Lés-Valences pour Chabeuil. Bien sûr nous nous en sommes fait de nouveaux vu que le bâtiment logeait bon nombre de familles qui avaient des enfants.

En peu de temps nous formions une bande de chenapans prêts à faire des bêtises. Je me souviens que dans le petit bois qui séparait la caserne des aviateurs et notre bâtiment nous avions trouvé des Obus qui n'avaient pas explosés. Un de nous, plus âgé et peut être chef de bande, avait trouvé la bonne idée de les démonter et d'en sortir la poudre qu'il étalait le long de la route pour, ensuite, y mettre le feu. Cela faisait une longue trainée de feu et nous trouvions cela formidable. Un enfant de la bande n'avait pas gardé le secret et avait vendu la mèche. Certains parents affolés ont interdit leurs enfants d'aller jouer dehors et un bon nombre d'eux ont reçu une correction corporelle dont ils se souviennent certainement encore de nos jours. Nous sommes restés là à peine deux ans avant de déménager, encore une fois.

Mes parents n'ont pas eu la possibilité d'emmener notre oncle avec nous qui fut recueilli par l'instance nationale qui gérait les grands invalides de guerre.

Mon père partit avec son régiment pour participer avec les alliés à l'occupation de l'Allemagne. Peu de temps après, nous l'avons rejoint à Villingen en forêt noire car l'armée avait réquisitionné des habitations allemandes pour les familles de militaires qui pouvaient donc être ainsi reconstituées. C'était bon pour le moral des troupes ! Je me souviens que l'école du village avait été réquisitionnée et la cour de l'école était divisée en deux parties par des fils de fer barbelé. D'un côté les enfants des occupants et de l'autre les petits allemands. Ils étaient mal habillés et souvent pieds nus. C'était un jeune militaire qui nous faisait les cours, et qui était, certainement, instituteur dans le civil.

Je pense que les occupants, quel que soit leur nationalité, excellaient dans le troc. La population allemande, sans ressources, échangeaient n'importe quoi contre des habits, de la nourriture ou des cigarettes. Nous avions une bonne qui s'appelait Ida et j'ai le souvenir d'avoir récupéré un train électrique que mon père avait échangé contre une cartouche de cigarettes « troupes «.

Villingen 1948

Bon nombre de familles allemandes ont pu améliorer leur sort grâce à ces échanges.

Un autre souvenir concernait la dévaluation du mark, il ne valait plus rien. La plupart des boutiques étaient fermées pour ne pas vendre à perte mais, en passant par derrière, on pouvait toujours faire du commerce surtout si on payait en devises étrangères. Et c'est comme cela que ma mère avait acheté une ménagère en argent pour 12 personnes ainsi qu'une horloge qui a ornée le buffet de notre salle à manger pendant les décennies suivantes pour l'équivalent de cinq litres d'essence.

Après près de deux ans de cette vie d'occupants mon père fut nommé au ministère de la guerre à Paris. Un de ses anciens chefs de combat au grade de capitaine le voulait dans son équipe avec un autre camarade d'arme qui écrit à mon père : « Viens ici c'est mieux que la vie de caserne et on mange très bien au mess !» Et mon père d'accepter cette promotion inattendue.

Le ministère de la guerre était Place de la Concorde à l'angle de la rue Royale et de l'autre côté se trouvait le ministère de la marine. Depuis les ministères ont déménagés. Cela me rappelle, même si ce n'était pas à la même époque une petite anecdote de ma courte carrière militaire : la guerre d'Algérie était presque terminée et j'étais sous-officier au 501eme R.C.C. qui avait comme mission la défense de Paris. Un ordre est donné pour un départ immédiat pour La capitale. Aucun des soixante chars n'ont pu démarrer sabotés par des partisans du coup d'état. Toutes les batteries des chars avaient été enlevées dans la nuit et pas possible de démarrer. Il faut dire que ces chars « Patton » de 44 tonnes ont besoin d'une petite batterie pour faire démarrer un petit moteur Qui porté le nom de « Little Joe » qui, lui, fait démarrer le char. Sans cette petite batterie les chars ne partent plus en guerre. Heureusement les véhicules de transport étaient, eux, utilisables.

A gauche : armée de terre, à droite la marine

Je me trouvais donc sur le toit du ministère de la guerre, où mon père avait travaillé, avec 12 hommes et nous avions comme consigne de tirer sur tous les parachutistes commandés par un général rebelle et fidèle au général Salan. Le but était de prendre tous les postes clefs de la capitale. Heureusement pour nous les avions devant les transporter avaient été sabotés par des militaires fidèles au Général de Gaulle et Ce coup d'état manqué n'a eu comme conséquence que l'arrestation de grands officiers et généraux français.

Nous voilà tous à Paris et pas de logement ! Toute la ville était en reconstruction et pourtant l'armée se devait de loger ses troupes. Après quelques mois de vie à l'hôtel dans une banlieue parisienne mon père a décidé de nous envoyer chez ses parents qui étaient propriétaires d'une grande ferme.

C'était en Provence à Montbrison-sur-lez dans la Drôme et là nous devions attendre l'affectation d'un logement militaire à Paris.

Mon grand-père s'appelait Maurice Charpenel. Ma grand-mère Alphonsine Maffait, née en 1886 à Venterol, s'était remariée après la mort de mon vrai grand père gazé pendant la première guerre mondiale et qui s'appelait Jules-Martial Maffait né aussi à Venterol en 1886. Maurice n'avait jamais adopté mon père qui a donc gardé le nom de Roger Maurice Camille Maffait.

Ce passage à la campagne, qui devait ressembler à des vacances, ne devait durer que quelques mois. Mais cela a duré deux ans jusqu'en 1951.

Ma sœur Sylvette est née dans cette ferme le 17 mai 1940 pendant que mon père était au front. Ma mère, seule, avait pris ses quartiers à la ferme en attendant son accouchement et elle y resta jusqu'au retour de mon père.

Le Péageon 1950

Ma grand-mère est décédée en 1951. Après le décès de notre grand-mère nous sommes retourné à la ferme pendant les vacances scolaires de 1952 pour s'occuper du grand père gravement malade. Ma mère était enceinte et elle accoucha de mon frère Jacques le 26 août à l'hôpital de Valréas. Les vacances scolaires terminées il a fallu rentrer chez nous. Mon grand-père décéda quelques temps plus tard et mon père retourna à la ferme pour l'enterrement.

Le lendemain de l'enterrement de mon grand-père de réserve, Maurice Charpenel, un rendez-vous avait était pris chez le Notaire de Taulignan. Mon père, avait amené le testament écrit de la main du défunt qu'il avait conservé précieusement pendant toutes ces années et qui le désignait comme héritier universel. Mais, surprise ! Le frère du grand-père, médecin à Valréas, avait établi un nouveau testament, tapé à la machine et signé de la main du moribond. Il faut comprendre que le grand-père, affecté d'un cancer à la gorge était sous morphine administrée par son frère. Déshérité et humilié mon père, cruellement déçu, n'a jamais voulu revoir la ferme. Et il a fallu attendre vingt ans avant qu'on ne retourne en Provence. Ma sœur avait vu un entrefilet dans le magazine « Elle » annonçant que l'école du village de Montbrison était à vendre. Nous avions décidé de l'acheter. Mais, malheureusement quand nous nous sommes rendus sur place l'école était déjà vendue. Peu de temps après mon père repartait pour trois ans, sans permission, pour la guerre d'Indochine. Ce sont surtout ces deux années de notre séjour à la ferme qui m'ont laissé quelques souvenirs, non chronologiques, que j'aimerai partager avec mes amis, ma famille et surtout mon frère et mon demi-frère qui n'ont pas connu cette époque.

1940

1942

Photos prisent à la ferme en 1949

1948

Lexique :
Troupes : Cigarettes militaires distribuées gratuitement à tous les soldats actifs en raison de 15 paquets par mois.

L'alambic

L'automne était bien installé, les feuilles des vignes avaient pris des couleurs plus vives et la bise les caressait ce qui donnait l'impression que le champ faisait des vagues. Les vendanges étaient terminées et le calme était enfin revenu à la ferme.

L'été avait été très chaud et avait laissé des traces dans la nature qui en avait visiblement souffert. Les bords du chemin qui menait à la ferme, d'habitude vert et colorés de fleurs sauvages, avaient triste mine. Tout était jaune et sec et semblait attendre des jours meilleurs. Même les lauriers roses, qui sont les fleurs emblématiques de la Provence, et qui ont la place d'honneur dans les jardins de tous les villages, avaient tronqués leurs fleurs contre ces grappes de fruits qui ressemblent à des haricots et qui contiennent les graines que le mistral avait commencé à éparpiller dans la nature.

La batteuse était arrivée à la fin du mois d'août et une poussière s'était répandue partout en changeant l'aspect du paysage aux alentours de la ferme pour le grand plaisir des poules et des canards qui cherchaient quelques grains tombés pendant la manutention. La meule s'amenuisait et les sacs se remplissaient de grains. Bien sûr, les voisins étaient passés donner un coup de main toute la journée. Les tréteaux et les planches qui servaient normalement l'hiver au salage et séchage des jambons à la *« féniere » avaient été installés à l'ombre, dans la grange pour le repas du soir que ma mère et ma grand-mère avaient préparé toute l'après-midi et qui clôturait une journée de labeur. La bonne humeur était de la partie et chacun avait une histoire à raconter. Le vin coulait à flots et il fallait gouter les spécialités de la maison, le jambon de Maurice et les « cerises à l'eau de vie » de la grand-mère. Personne ne passait outre.

L'été n'était pas la période des vacances ni pour mon grand-père Maurice ni pour les paysans du cru. La ferme « le Péageon » avait une vingtaine d'hectares de vignes, pas comme aujourd'hui seulement avec des cépages nobles mais plutôt ceux qui donnaient un gros rendement comme « les aramon ». Quelques hectares de lavandes, du blé et de l'orge pour les bêtes, une paire d'hectares de truffiers qui donnait aux grands-parents 20 kilos de truffes dans la saison - qui étaient consommées sur place car ma grand-mère ex propriétaire du « rendez-vous des gourmets » à Montbrison avait le palais fin et nous en profitions tous : Pintades truffées, canards truffés, omelettes aux truffes et surtout œuf à la coque avec truffes rappées dessus etc.

En plus Maurice était l'heureux propriétaire d'une distillerie à lavandes qu'on, appelait l'alambic. Une machine énorme sur roues (même si elle n'est jamais sortie de sa grange). Trois grandes cuves en cuivre rutilant avec d'énormes couvercles. Dessous un foyer qui brulait des lavandes séchées et qui fournissait la chaleur nécessaire pour faire bouillir l'eau. Une forêt de tuyaux qui partaient dans tous les sens et qui se terminait par un petit robinet par lequel le produit de la distillation tombait dans un bac où l'eau et l'huile se séparaient comme par enchantement. L'eau allait directement en contrebas dans un petit ruisseau qui lui-même se jetait dans le Lez et qui finissait dans la mer et ça sentait bon la lavande jusqu'à la Méditerranée.

A partir du quatorze Juillet, tous les jours, les charrettes défilaient, tirées par des mulets ou des bœufs et chargées sur deux mètres de hauteur voire plus. Je me demandais, malgré mon jeune âge, comment ça pouvait rester en place vu l'état des chemins avec bosses et nids de poules. Les bottes de lavandes devraient être répandues tout le long de la route. Mais non, les charrettes arrivaient avec tout leur contenu.

La technique restait la même, un homme en haut de la charrette armé d'une fourche qui lançait les gerbes à un autre qui chargeait les cuves. Une fois remplies ils les piétinaient pour tasser les lavandes et remplir à nouveau avant de fermer ces énormes et lourds couvercles pour ensuite mettre les cuves sous pressions de vapeur.

Après le procédé il fallait vider les cuves, et c'était un peu plus rapide que pour les charger car on se servait d'un palan manuel. En tirant sur des chaines on faisait remonter tout le chargement de lavandes brulant et toutes les gerbes finissaient dans un gros tas chaud et fumant à côté de l'alambic.

Et là, c'était un plaisir avec ma sœur ainée de grimper en haut de ce tas chaud et de se laisser glisser jusqu'en bas, ça sentait bon et c'était drôle. De temps en temps on entendait le grand père qui rouspétait de nous avoir dans ses jambes. Il ne voulait pas avoir la **responsabilité d'un**

éventuel incident ou accident. Ce qui est arrivé d'ailleurs, un jour où le tas de gerbes était très haut et que j'ai voulu rouler au lieu de glisser. J'ai atterri sur un boulon de la machine que j'ai pris en plein front. Cris, pleurs et surtout les reproches de ma mère et de ma grand-mère à l'encontre de Maurice qui ne pouvait pas faire attention à son petit-fils le laissant se blesser et qui maintenant avait du sang plein la tête. Mais pas de reproches pour moi puisque c'était la faute du grand père. J'ai, d'ailleurs, encore la marque sur le front.

Ces vas et vient duraient jusqu'à la fin août et bien sûr après chaque distillation les hommes se retrouvaient sous la tonnelle, à l'ombre, pour boire un coup. Le grand-père ne faisait pas dans la dentelle. Il avait l'habitude de prendre l'arrosoir, de traverser la cuisine pour avoir accès à la cave, de remplir son arrosoir au grand tonneau qui contenait « la piquette », ce vin fait maison pas fort en alcool. Une fois rempli il faisait rapidement le service et l'arrosoir finissait par se vider. Pas de problème pour la route, les mules connaissaient le chemin et le retour dans leurs fermes respectives se faisait sans accros. Le paysan assis sur le bord de la charrette, les pieds pendant à côté de la très appréciée essence de lavandin contenue dans ces bonbonnes en zinc bien attachées à ses côtés.

A la fin des lavandes c'était la moisson. Il fallait couper les blés avec la faucheuse lieuse tirée par des chevaux empruntés aux voisins. Les grosses gerbes que l'on devait ramasser pour faire des tas qui à leur tour seraient plus tard regroupés en une énorme meule - avec son mat au milieu- en attendant le passage de la batteuse.

Les sacs de blés étaient bien rangés dans la grange. Une partie était destinée pour le moulin du père Bertin, une autre partie conservée pour la semence et le reste consacré à nourrir les bêtes.

Le calme revenu les cuves de l'alambic étaient nettoyées méticuleusement et brillaient comme un sou neuf. On se demandait d'ailleurs pourquoi du fait qu'elles ne serviraient pas avant l'année prochaine.

Venait ensuite les vendanges en octobre. Tout se fait à la main et, comme c'était la tradition dans cette région de Provence, les voisins des fermes voisines aidaient à la cueillette. Quand on avait fini ici tout le monde se retrouvaient chez les « Estran » nos voisins les plus proches. La semaine d'après on se retrouvait tous chez « les Duc » et après chez les « Barjavel ». Maurice avait une énorme cuve en pierre et le meilleur des raisins venait la remplir. Le reste allait à la cave « Monlahuc » propriétaire récoltant et maire de Montbrison sur Lez.

Maurice épaulé par son petit fils et sa petite fille piétinait ces raisins pour les « fouler » et en faire sortir le jus et pour le faire remonter. En effet, les grappes remontaient à la surface et il fallait les faire redescendre pour que la fermentation puisse se faire correctement. Nous, les enfants, on se mettait pieds et jambes nus mais le grand père gardait son pantalon et ses *« Pataugas ». Il piétinait jusqu'à en être mouillé jusqu'à la ceinture. Pour nous, enfants, ce n'était qu'un jeu, mais nous avions l'impression en même temps d'être un peu utiles.

La fermentation terminée, il fallait « soutirer » le vin et là commençait un ballet de va et vient car la cuve était loin de la cave. Tout le monde, femmes comprises, transportait le précieux nectar dans des seaux qui finissaient dans les grands tonneaux de la cave.

Combien de litres ? Je ne saurai dire mais c'était beaucoup. Finalement il n'en restait pas tellement à la saison suivante et surtout pas assez pour remplir le tonneau dans lequel on faisait le vinaigre. Il faut dire que les hommes dans les campagnes de l'époque ne buvaient presque que du vin et la « piquette » ne titrait guère plus que de 9 à 10°. Il fallait aussi abreuver les **colporteurs** qui passaient régulièrement et qui prenaient gite et couvert. Un, surtout, qui transportait toute une mercerie sur son dos. La grand-mère était bonne cliente car elle adorait la dentelle ainsi que ma mère qui trouvait là tout ce qui lui manquait pour sa couture.

Depuis notre naissance elle a toujours confectionné tous nos vêtements que nous portions jusqu'à notre communion solennelle et même au-delà.

Ce qui se passait après les vendanges se faisait très discrètement et à huis clos. Les restes du raisin qui avait fermenté appelé « le mou » était retiré à la fourche par le grand père et transporté dans une brouette vers l'alambic. Un autre va et vient qui lui prenait toute l'après-midi. Maintenant je commençais à comprendre ce qui se passait. La fumée sortant de la cheminée où se trouvait l'alambic prouvait que celui-ci avait été mis en route. Curieux comme tous les enfants, je jetais un coup d'œil derrière le portail et je voyais le grand père qui surveillait attentivement le liquide qui coulait goutte à goutte dans le récipient. Des appréciations verbales se faisaient entendre, « uhm », « ouais… »

Donc en pleine illégalité le grand père faisait sa *« gnole » et peut-être qu'il en faisait aussi pour les voisins, qui sait ?

Un beau jour j'entends la grand-mère qui appelle avec ces cris « Maurice…les gendarmes …. »

En effet les gendarmes de Taulignan étaient, devoir oblige, en tournée à Montbrison et, comme à l'accoutumée, ils s'arrêtaient à la ferme. La tournée se faisait à bicyclette et les gendarmes allaient garer leur vélo à côté du poulailler à 20 mètres de la maison et je me demandais pourquoi.

Après s'être attablés Maurice allait chercher son arrosoir et servait à boire à ces bons gendarmes qui avaient soif après un trajet de 5 kilomètres à bicyclette. Il leur fallait des forces pour retourner à la gendarmerie car si ça descendait à l'aller ça montait au retour.

Pendant ce temps, la grand-mère disparaissait quelques instants avant de revenir avec le sourire.

Les gendarmes reprenaient leurs bicyclettes et continuaient leur chemin.

Il m'a fallu plusieurs années pour comprendre ce qui s'était passé et c'est ma mère qui me l'a expliqué plus tard. Pendant que Maurice servait à boire aux gendarmes la grand-mère mettait dans les sacoches deux bouteilles de gnole. Et c'était pour cela que les vélos étaient garés hors de vue et que personne ne pouvait être témoin de la transaction.

Non, ce n'était pas criminel, la vie à la campagne dans les années 50 avait pris quelques habitudes pendant la guerre, le troc était tout à fait normal et chacun devait s'adapter pour survivre. Les cousins de la ville venaient à la campagne pour repartir avec jambons et saucissons qu'ils échangeaient plus tard contre d'autres denrées qui leur faisaient défaut. Les gendarmes étaient logés à la même enseigne et pratiquaient l'échange de la même façon.

Le poulailler en 1942   Le poulailler 2018

*Fénière : grenier à foin
*Pataugas : Chaussures portées par les paysans
*Gnole : alcool fort du type armagnac

Sur le chemin de l'école.

Déjà Octobre, les cigales ne chantent plus, l'été est fini et les vacances aussi. Mais vacances à moitié car à la campagne, tout le monde doit aider au quotidien y compris les enfants qui gardent les chèvres, nourrissent la bassecour, aident dans les champs et participent à de menus travaux.

Maintenant les cartables sont prêts. Tout est vérifié et il ne manque rien. L'école de Montbrison-sur-Lez n'était pas tout à fait comme les autres écoles des villes alentours. En effet il n'y avait qu'une classe et qu'une maitresse. Les petits dans la rangée de gauche, les moyens dans la rangée du milieu et les grands dans la rangée de droite. Le village de Montbrison était très dispersé, « le centre », au bord de la nationale, constitué d'un bistrot était le seul endroit où le commun des mortels pouvait se payer « un pastis » le samedi soir entre copains après une partie de Lyonnaise car la pétanque était interdite sur ce boulodrome, on ne mélange pas les torchons avec les serviettes. Il y avait aussi quelques maisons ici et là. « Le village » se trouvait plus loin et plus haut avec son église, sa mairie, son école et quelques habitations anciennes.

Derrière « le village » qui n'était guère qu'un hameau, ce trouvait le vieux village avec toutes ses maisons

Gaile de nos jours.

abandonnées, envahies de lierre et de ronces était devenu un coin de paradis pour les animaux sauvages et les oiseaux. Il avait certainement été abandonné depuis longtemps car même mes grands-parents ne l'avaient pas connu habité. Les gens du cru l'appelaient « Gaile » ou « les Gailes » et de là, partait un chemin qui montait dans les contreforts de la *« lance » et qui n'était praticable qu'à pieds, à dos d'âne ou de mulet. D'ailleurs, nous arpentions ce chemin avec la grand-mère quand il fallait amener la chèvre au bouc. Cette ferme, haut perchée avec une vue imprenable, était tenue par la famille Vautour, des gens d'un âge avancé -

c'est au moins ce que je pensais - mais qui, certainement, n'étaient pas si vieux que ça. La vie rude et les longues journées de travail marquaient physiquement les paysans et leurs tenues vestimentaires ne les rajeunissaient pas. Pantalon marron en velours côtelé pour l'homme avec une chemise noire et longue robe noire cachée en partie par un tablier en tissu provençal pour la femme. Ces habits n'étaient déjà pas d'hier et ils étaient portés jusqu'à l'usure. Pour nous, enfants, les gens plus âgés que nos parents étaient « des vieux ». J'ai toujours cru que mes grands-parents étaient très vieux car ils en avaient l'air mais finalement ma grand-mère est décédée à 65 ans, donc jeune encore.

Sur la place du village, si on peut l'appeler ainsi, il y avait donc l'église qui faisait mur commun d'un côté avec l'école et de l'autre côté avec la mairie où habitait madame Julian qui tenait aussi la cantine. Je n'ai jamais su si c'était la mairie qui logeait la cantinière ou le contraire. Mais ce dont je me souviens c'est sa salle à manger ou elle servait un repas chaud le midi à tous ceux qui habitaient loin de l'école. Il y avait toujours de la soupe. Et si l'on ne l'aimait pas, elle servait le plat suivant dans la soupe. Lorsque l'on a vécu ça une paire de fois on mange sa soupe ! Méthode efficace qui, j'espère, ne se pratique plus.

Cette petite place ombragée par un marronnier centenaire qui faisait concurrence à un platane tout aussi vieux, faisait face à un panorama qui s'étendait à perte de vue sur la plaine, sur les champs de lavandes et au loin apparaissait nettement le mont Ventoux. Il faut dire que nous sommes à 543 mètres d'altitude.

« L'école » était constituée d'une grande pièce avec ses trois rangées de pupitres et le pupitre de la maitresse, d'un couloir sombre avec un escalier qui montait à l'étage et qui, peut-être, conduisait aux appartements de la maitresse.

Au fond de la place, un grand préau qui servait de refuge les jours de pluie mais aussi les jours de grande chaleur où l'on appréciait son ombre bienfaisante ainsi que l'air frais qui s'engouffrait par les trois côtés ouverts à tous vents.

A côté de l'église il y avait une énorme cloche, vestige d'un temps passé, fondue en 1875 et qui attendait son clocher et qui attend encore. Elle fonctionnait très bien et on pouvait l'entendre au fin fond de la campagne lorsque Monsieur le curé appelait ses ouailles.
Un jour, le curé est rentré dans la classe. Il a regardé

Tout ce beau monde et au bout d'un instant, il a posé les yeux sur moi et il a dit : « celui-là fera l'affaire ! ». En effet, il lui manquait un enfant de cœur pour la messe du dimanche et il lui fallait un remplaçant. Donc le dimanche suivant j'y suis allé. La bonne du curé m'a affublé d'une chasuble rouge trop longue, qui me tombait jusqu'aux pieds et d'une robe en dentelle par-dessus. J'étais perdu et ne savais quoi faire. « Tu n'as qu'à faire comme les autres » m'a dit monsieur le curé. Aussitôt dit, aussitôt fait. Je faisais donc comme les autres, mais avec plusieurs secondes de retard ce qui donnait l'impression d'un manque de coordination et ralentissait le déroulement de la messe.

Je ne sais pas si on peut appeler ça une tradition familiale car mon père, trente ans plus tôt était aussi enfant de cœur, dans la même église et c'était le même curé qui l'avait baptisé.

Nous quittions la ferme, ma sœur Sylvette et moi, tous les matins après que notre mère ait donné son accord sur notre tenue vestimentaire. Nous partions de bonne heure car le chemin était long et il fallait être là-haut à 8 heures 30. Le ramassage scolaire n'était pas encore inventé. Le cartable à la main, car les sacs à dos avec motifs décorés des supers héros de bandes dessinées, ne l'étaient pas non plus.

Direction le centre avec son bistrot, pas trop loin, car on pouvait le voir de la ferme. Nous traversions la route nationale qui allait d'un côté à la ville de « Valréas » et de l'autre à Taulignan. Nous coupions court en passant derrière la cave « Montlahuc » où se faisait le vin. On se retrouvait alors sur la route qui menait au « Pégue » que nous empruntions souvent avec ma mère pour aller à la cabine téléphonique qui possédait le seul téléphone du village. Ce « central téléphonique », sous la responsabilité des PTT, était tenu par madame Marie louise Monier. C'était le seul moyen pour entrer en contact avec notre père qui travaillait à Paris au ministère de la guerre et qui ne venait nous voir qu'une fois tous les deux mois. La raison pour laquelle nous habitions à la ferme et non pas à Paris était le manque de logement dans la région parisienne après la guerre. Nous sommes restés presque 2 ans à la ferme avant que mon père ne trouve de quoi nous loger. Oui les temps étaient durs.

La maison des Barjol et celle de R. Guérin en 2018

Nous traversions donc cette route pour prendre un chemin qui passait devant les seules habitations du « Centre » et qui menait au cimetière.

La première maison était habitée par la « famille Barjol ». Au rez-de-chaussée se trouvait l'étable avec les chèvres pour le lait et les chevreaux qu'ils tuaient pour la Pentecôte. Un escalier menait à l'étage où le couple habitait. J'ai souvent entendu raconter l'histoire du père

Barjol qui avait fait une erreur qu'il payait très cher. En effet, un soir où, rentré des champs, après la soupe habituelle il a voulu prendre un réconfortant. Sur la cheminée qui servait de cuisinière et de chauffage en même temps, il y avait plusieurs flacons dont un avec de la gnole, et un autre avec du potassium, qui servait à petites doses à faire partir l'acidité des olives vertes de façon à pouvoir les consommer. On mettait les olives vertes à tremper pendant cinq ou six heures dans de l'eau additionnée de potassium aussi appelé lessive de soude et on les rinçait en changeant l'eau très souvent.

Ce soir-là, se trompant de fiole il a bu « cul sec » un verre de poison. Il n'en ait pas mort mais il a beaucoup souffert car sa gorge n'était plus qu'un trou et sa femme le nourrissait avec un entonnoir par un petit tuyau qui sortait de la trachée en dessous du cou. Cela nous semblait tellement terrifiant que l'on passait en vitesse devant la maison de peur de le rencontrer.

Nous passions la deuxième maison qui appartenait à Robert Guérin, encore célibataire en ce temps et plus jeune que mon père de plusieurs années. Il avait fréquenté le même lycée « Roumanille » à Nyons que mon père qui lui avait été pensionnaire de la sixième jusqu'au bac.

La maison suivante était une grande ferme et il y avait quelque chose de bizarre car les volets des fenêtres de la façade étaient toujours fermés. Fermés le matin et fermés le soir tous les jours de la semaine ! C'est plus tard que j'ai appris que les volets étaient peints en trompe l'œil et qu'ils avaient pour but d'égayer cette grande façade triste et toujours à l'ombre. La déco n'est donc pas une invention moderne.

Au milieu l'église, à droite l'école, à gauche la mairie.

Nous continuions notre chemin en direction du cimetière pour rattraper la route principale, goudronnée qui menait au culte, au savoir et à l'administration c'est-à-dire au vrai village. C'était un peu raide mais pour nos jeunes jambes cela ne posait aucun problème. Arrivé au sommet nous attendions que les autres élèves arrivent pour entrer en classe. Nous n'étions pas nombreux mais répartis équitablement dans les trois rangées de la classe. Je ne me souviens pas de notre maitresse qu'on appelait Madame Galland, ni de ses compétences comme institutrice mais je me souviens du jour où, certainement comme d'habitude, je faisais l'intéressant et elle m'avait puni. La punition consistait à être enfermé dans un appentis sous la cage de l'escalier dans le noir total pendant plus d'une heure et avec pour seule compagnie les araignées et leurs toiles si ce n'était quelques Souris apeurées.

Cette punition était, peut-être, efficace mais pas tellement pédagogique. A la suite de cette punition, j'ai eu peur du noir jusqu'à l'adolescence.

De temps en temps, sur notre chemin, on rencontrait un autre élève d'une autre ferme et nous faisions route ensemble jusqu'à l'école.

Je ne me souviens plus pour quelle raison mais le fils « Béraud » qui venait de *« Béloure » et moi, on s'était chamaillés et nous en étions venus aux mains. Ma sœur avait fui la bagarre et continué son chemin vers l'école. Coups de pieds et coups de mains devaient décider du vainqueur. La bagarre avait fini comme dirait Corneille dans le Cid « le combat cessa faute de combattants » car Claude m'ayant mordu à la fesse, je partais, vaincu, en courant et en pleurant vers notre ferme.

Ma mère, qui toute sa vie a donné raison à ses enfants dans n'importe quel litige avait bien sûr pris mon parti. Me faisant lâcher mon cartable, elle m'avait pris la main. Et nous voilà parti vers « Béloure ».

Ma mère ne concevant pas qu'un de ses enfants puisse être en tort avait interpelé le père de Claude qui ne comprenait pas trop en quoi consistait la polémique. En grands renforts d'arguments majeurs elle avait fait comprendre à son interlocuteur que ça ne se passerait pas comme ça et que les conséquences de la brutalité de son fils pourraient avoir des suites graves pour lui.

Le jugement se fit sur le champ et la sentence tomba inexorablement. Les plaignants repartirent avec le dédommagement consenti par les deux camps : un gros jambon du cochon que le père Béraud avait tué pour la Noël.

Nous repartîmes pour la ferme avec notre gain sous le bras et ce jour-là je n'allais pas à l'école car je devais soigner ma blessure.

Je ne me souviens pas des suites de cet incident ni de l'impact qu'il avait sur ma relation avec Claude, mais peu de temps après nous repartîmes pour Paris.

J'ai revu Claude 65 ans plus tard et il n'avait aucun souvenir de l'affaire, quant à moi la morsure ne devait pas être si grave car elle n'a laissé aucune trace.

*Béloure : un des quartiers de Montbrison
*La Lance : montagne avec ses 900 M. d'altitude

Champ de lavandes devant l'église de Montbrison sur Lez

Café le Centre en 2018

L'orage.

Il se passait toujours quelque chose à la ferme, même si parfois on se sentait un peu perdu en pleine campagne, au beau milieu de la nature et surtout loin des villes. Les distractions étaient limitées. Il n'y avait, bien sûr, pas de télévision, la radio ne nous était pas accessible, à nous les enfants car elle se trouvait sur une étagère assez haute et, même à l'aide d'une chaise elle restait inaccessible. Cette radio servait presque uniquement à écouter les nouvelles ou les pièces radiophoniques durant les longues soirées d'hiver.

Par temps de pluie ou d'orage, ma sœur et moi, nous nous réfugions dans la salle à manger qui, comme dans toutes les fermes, ne servait que les jours de grandes occasions comme les mariages, les baptêmes ou autres évènements. Ce n'était pas chauffé l'hiver, malgré la présence d'une cheminée que je n'avais jamais vu allumée et la pièce pouvait être glaciale.

Dans la salle à manger donc, il y avait, ce qui est rare dans ces campagnes perdues et peuplées surtout de gens de la terre, une grande bibliothèque riche en ouvrages divers. Les œuvres complètes de Maupassant, de Lamartine, de Flaubert, de Victor Hugo et j'en passe... Cela était peut-être très intéressant mais ça ne nous attirait pas beaucoup vu notre jeune âge. Par contre il y avait de gros livres encyclopédiques que nous avions du mal à descendre des étagères vu leur taille. Il nous fallait, n'importe comment, monter sur une chaise pour y accéder.

Pour moi le plus intéressant, c'était l'œuvre complète des campagnes Napoléoniennes en dix volumes et aussi la révolution française, six gros volumes, tous richement illustrés.

Collège Roumanille à Nyons dans les années 1930.

La raison pour laquelle ce trésor existait, venait des parents du grand père Charpenel qui avaient trois fils, l'un avait fait des études de médecine et exerçait le métier de Médecin à Valréas, je ne sais pas quelles études avait fait le second frère qui exerçait le métier d'assureur à Romans-sur-Isère.

Maurice, lui, avait juste commencé des études de droit et était le seul à bien vouloir perpétuer la gestion de la ferme après le décès de ses parents. Je n'ai jamais su, mon père non plus, qui étaient les parents Charpenel mais ils devaient être instruits et surtout aisés pour envoyer leurs fils dans des établissements d'études secondaires surtout en pension complète. Je pense que c'est sous l'influence de Maurice que mon père fut envoyé en pension, au collège Roumanille de Nyons de la sixième à la terminale. Il ne voyait la ferme que lors des vacances scolaires.

C'était la semaine des cinq jours. Il n'y avait pas école le jeudi ni le dimanche. Mon père avait l'autorisation de quitter le collège pour aller rendre visite à ses grands-parents maternels qui tenaient le café de la poste à Venterol. Sept kilomètres dans les deux sens. La route par les Echirons était la plus courte.
Ces livres encyclopédiques devaient faire 30 centimètres de hauteur et peser plusieurs kilos. Les illustrations étaient nombreuses, bien sûr pas de photographies mais des gravures à la pointe sèche ou des eaux fortes. Cela remplaçait les bandes dessinées que nous n'avions pas et qui d'ailleurs devaient être bien moins intéressantes. Je prenais un livre et j'allais m'asseoir dans la grande cuisine, le livre posé sur la table, je ne lisais pas beaucoup, je regardais surtout les images. Ma sœur devait faire la même chose si elle n'avait pas trouvé refuge dans les jupes de sa mère, les travaux manuels comme la couture, c'est pour les femmes croyait-on savoir. Dans un coin, ma mère s'afférait à son ouvrage commandé par Clémentine de la ferme voisine. Il fallait bien chouchouter les voisins car mon grand-père, pas trop courageux avait mis ses terres en fermage et c'était donc les voisins qui les travaillaient. En restant en bons termes avec eux nous étions plus sûrs qu'ils ne tricheraient au moment du partage des récoltes. Ce n'était pas parce que mes grands-parents avaient des soupçons mais c'était un peu

la tradition, tout le monde se méfiait de tout le monde. Les temps étant difficiles il ne fallait surtout pas se fâcher avec quiconque on pouvait toujours avoir besoin d'eux un jour.

Le grand père avait rassemblé braises et tisons et remis du bois dans la cheminée. Ce qui attisait le feu et réanimait les flammes qui dansaient la farandole. C'était la seule pièce chauffée et il faisait bon d'être là. Dehors il « tombait des cordes » comme on disait par ici et le tonnerre grondait. Je ne sais pas pourquoi mais le tonnerre, en Provence, est plus fort qu'ailleurs. Ce n'est pas prouvé mais les souvenirs d'enfants ont tendance à amplifier la réalité. Dehors pas âme qui vive, les poules, les pintades et tout ce beau monde avaient trouvé refuge dans le poulailler. Les chèvres, les cochons et la mule dans leurs étables.

Un éclair plus fort que les autres éclaira toute la pièce et au même moment un coup de tonnerre fit trembler la maison. » Ah, couquin de sort » sortait de la bouche des grands parents à l'unisson. Une boule de feu partit du coin de l'évier, fit le tour de la porte de la cave, passa au-dessus de la porte de l'escalier pour aboutir à l'unique poste de radio qui rendit l'âme illico.

Tout le monde dans la pièce restait figé de surprise et peut être aussi de peur.

Que c'était-il passé ? La foudre était tombée sur l'unique prise de courant de la pièce qui se trouvait à coté de cet énorme évier taillé dans un bloc de pierre. Un fil partait de cette prise, longeait le mur de la cave, passait au-dessus de la porte, faisait un angle droit pour arriver à l'autre mur passait au-dessus de la montée d'escalier pour alimenter la radio. La boule de feu avait suivi le fil avec précision.

Après un moment de surprise il fallait constater les dégâts et s'assurer aussi qu'il n'y avait pas de départ de feu, ailleurs dans la maison.

Nous avions un respect sans bornes de la foudre car le grand père auteur d'histoires vraies ou fausses, nous avait raconté que plusieurs personnes par ici avaient été touchées par un éclair et l'une d'elle, à cent mètres plus loin, avait perdu la vie sur le coup.

Les occupations ce jour-là n'étaient plus au passe-temps, mais il fallait remettre de l'ordre dans la maison et effacer les traces du sinistre.

Le lendemain le soleil brillait et comme d'habitude, on ne pouvait pas voir qu'il avait plu. Le soleil avait fait son devoir avant que l'on sorte de notre lit. Ici et là quelques flaques d'eau essayaient de survivre dans lesquelles les canards s'égayaient même si la profondeur minime n'égalait pas celle d'une mare qui leur permettrait de nager.

Ce jour-là nous avions deux visiteurs le même jour ce qui était rare à la ferme.

Le premier se pointa en fin de matinée. On pouvait le voir arriver de loin car le chemin était aussi droit que la justice. Mais, surtout, on l'entendait. « Peaux de lapin ! Peaux ! Peaux de lapin ! Peaux » criait-il à pleine voix et il répétait ça comme un disque rayé. Son nom ou son surnom était « Le patéro ». Il se déplaçait de ferme en ferme sur son tricycle qui était équipé à l'arrière d'un gros cageot dans lequel il entassait les peaux de lapin. Notre grand-mère gardait toujours les peaux des lapins que nous avions mangés sachant que « le Patero » passerait un jour ou l'autre. Après avoir chargé les peaux dans son cageot, sa deuxième requête était les mégots. Le grand-père qui fumait beaucoup gardait les mégots spécialement pour lui. On vidait donc les cendriers qu'il triait avec minutie. Les plus long allaient dans sa poche pour une utilisation prochaine et le reste il les mettait dans sa bouche. Hé oui, ce monsieur chiquait. Il ne perdait pas son temps à trier, tout était bon : papier, cendres et tabac. Heureusement que les cigarettes étaient sans filtre. Et le voilà reparti, toujours en criant « Peaux de lapin ! Peaux !», vers la prochaine ferme tout en mâchant ce mélange qui devait lui apporter plaisir et vitalité. Un jour de printemps le « Patero » était passé le premier avril. Moi, toujours en quête de quelques mesquineries, je me dépêchais de confectionner un poisson d'avril sur un papier d'emballage que je découpais minutieusement avec les ciseaux de ma mère. Je lui empruntais du fil et une aiguille et j'allais accrocher ça dans le dos de ma victime. Malheureusement pour lui, le pauvre homme n'avait qu'une vielle veste usagée sur le corps, pas de chemise et pas de sous-vêtements et je plantais l'aiguille dans son dos. Le cri qu'il poussa aurait fait peur à toute une foule de dames en noir un jour de marché à Valréas. Je choisis, comme défense, la retraite et j'allais me cacher dans le poulailler.

En fin d'après-midi, nouvelle visite. Nous n'étions pas trop surpris puisque « le père Donas » passait une fois par semaine.

Mes grands-parents dans leur cuisine avec le père Donas.

C'était un peu la routine, il entrait dans la cuisine, s'attablait et attendait le grand père qui ne tardait pas. Deux verres et du vin rouge sur la table et ils avaient l'air de discuter tranquillement. Les deux hommes gardaient toujours leur casquette sur la tête. Je ne me souviens pas de les avoir vu tête nue. Le grand père gardait sa casquette pendant les repas, je me demande s'il ne la gardait pas pour dormir ! Ces deux compères discutaient de je ne sais quoi mais les conversations duraient longtemps. Parfois jusqu'au repas du soir ou ma grand-mère rajoutait un couvert.

Il portait une veste de velours marron avec de grandes poches d'où il tirait sa pipe et sa tabatière de laquelle il sortait son „gris" pour bourrer sa pipe.

Ce Monsieur, fort sympathique, avait fait « les Dardanelles ». Je ne savais pas ce que ça voulait dire mais j'avais l'impression, d'après ses dires, que c'était valeureux. Mon père me l'expliqua brièvement et beaucoup plus tard ce sont les cours d'histoire qui ont éclairé ma lanterne.

Le conflit opposait l'empire Ottoman aux troupes de l'empire Britannique et Françaises. Ces troupes alliées avaient pour mission de défendre le détroit qui permettait l'accès à la mer de Marmara.

La bataille de 1915 fut un échec et malgré l'appui des australiens et néo-zélandais venus en renfort, les turcs gagnaient la bataille et les troupes alliées survivantes durent se retrancher en Égypte.

Donc le père Donas, qui, grâce à la guerre, avait voyagé pendant sa jeunesse, venait régulièrement à la ferme. Il avait un peu d'embonpoint suite au manque d'activités et il contrastait avec mon grand-père qui était mince de nature. Sa particularité était son « chèche » une ceinture de flanelle rapportée des campagnes en Turquie. Cette ceinture devait faire deux ou trois mètres de long et il s'entourait la taille avec. Plusieurs fois dans la journée il l'enlevait pour la remettre correctement en serrant fort. Cela remplaçait un corset contre le mal de dos ou donnait de la chaleur au corps. D'après moi les visites du père Donas étaient un bon prétexte pour boire un coup et manger la soupe « sans bourse délier ». Je n'ai jamais su s'il était de souche espagnole ou italienne. Quand le grand père lui servait un verre il disait toujours « piano, piano » mais au lieu d'élever le verre pour arrêter le service il le baissait jusqu'à ce qu'il soit plein.

Nous n'allions jamais lui rendre visite dans sa ferme et nous ne sommes jamais entré chez lui. Mais au printemps ma sœur et moi on coupait à travers champs pour aller tout près de son habitation pour cueillir des narcisses. Le champ était en pente et couverts de ces fleurs sur des centaines de mètres. De loin on aurait cru qu'on avait un paysage enneigé devant nous. Des milliers de fleurs blanches avec des points jaunes sur un fond vert. Nous n'avons jamais su pourquoi c'était là et qui les avait plantés. Mais ça faisait notre bonheur et on faisait de gros bouquets qu'on offrait à notre mère et à notre grand-mère. Il est possible qu'un paysan qui avait lu Manon des sources de Marcel Pagnol avait eu l'idée, comme Ugolin, de cultiver des fleurs pour devenir riche, qui sait ?

La maison du père Donas et le champ de Narcisse qui n'est plus là en 2018

Le cochon

Comme dans toutes les campagnes et de tout temps on tuait le cochon avant Noël. Au Péageon on faisait bien sûr de même. Les cochons ne sortaient pas beaucoup et, quand ils sortaient, souvent après la pluie il fallait des heures pour les faire rentrer à la porcherie. La plupart du temps ils restaient à l'intérieur dans cette remise qui se trouvait adjacente à l'habitation. Moins ils bougeaient plus ils étaient gras.

A côté de la porte d'entrée de la cuisine il y avait une fontaine qui coulait sans arrêt avec le même débit toute l'année. C'était de l'eau pure provenant de l'une des sources de la ferme. Je n'ai jamais su où elles se trouvaient et je ne me souviens pas les avoir vu. Probablement sous terre quelque part dans les champs.

Sur le côté perpendiculaire s'ouvrait un grand portail qui donnait sur une remise remplie d'objets hétéroclites. La plupart de ces objets avaient eu une fonction utile dans le temps mais ne servaient certainement plus. Dans ces fermes on ne jetait rien, ça pourrait servir un jour. On trouvait là tout l'attirail pour la jardinière, les rennes, le collier pour le cheval, les lanternes et j'en passe… Cela devait bien faire des années que la jardinière avait servi mais elle était encore en bon état, rangée dans une remise derrière la ferme. C'était d'ailleurs un terrain de jeux pour nous, enfants.

On s'imaginait, ma sœur et moi, après avoir emprunté quelques vielles fripes au grenier et s'être déguisés, que nous étions des gens importants assis dans notre belle *jardinière, tirée pas des chevaux magnifiques, et nous allions en promenade dans les jardins des grandes villes. L'inspiration venaient certainement de la bibliothèque de la salle à manger où on trouvait de grands livres encyclopédiques illustrés.

A droite, derrière une porte assez basse, dans un local assez vaste vivaient les cochons. Au-dessus habitaient les lapins et en face, c'était le domaine de la mule.

Les cochons étaient nourris avec tout ce qui était mangeable. Tout y passait, les betteraves que la grand-mère faisait cuire dans cette énorme marmite en fonte qu'on appelait « la Chaudière » et qu'elle mélangeait avec du son pour améliorer l'ordinaire et surtout pour les engraisser.

Je me souviens quand le grand-père, ma sœur et moi descendions au jardin en contrebas de la ferme. Une brouette était nécessaire pour ramener les fruits de la cueillette à la maison. Grâce à la source, qui ne tarissait jamais, les fruits et légumes ne dépérissaient pas. Au contraire le jardin ressemblait à une oasis au milieu du désert.

Chaque rangée de légumes que ce soit haricots verts, petits pois, tomates, concombres ou autres était accompagnée en parallèle d'un petit caniveau profond d'une vingtaine de centimètres qui transportait l'eau en laissant une petite quantité pour les plantes sur son passage. En amont une petite planche et un caillou décidait du débit.

Chaque rangée avait son caniveau et je pense que le grand-père avait dû mettre du temps pour réaliser ce système d'irrigation qui fonctionnait par gravité.

Arrivé devant les melons - il y en avait beaucoup ! - le grand-père, en connaisseur, savait choisir les meilleurs. Après avoir ramassé tous les légumes que nos cuisinières avaient quémandés, nous repartions vers la ferme et le grand-père poussait la brouette sur toute la montée. La suite était un rituel, la grand-mère et ma mère triaient les légumes et le grand-père triait les melons.

Les déchets des légumes allaient aux lapins, aux poules et tout le reste de la basse-cour. Les melons c'était différent, le grand-père les triait, les inspectait, les goutait, en gardait quelques-uns pour le dessert d'aujourd'hui et deux ou trois pour le jour suivant et ceux qui n'avaient pas passé le test allaient aux cochons. En une saison les cochons avaient englouti au moins cent kilos de melons chacun en plus de tous les autres déchets nutritifs de la ferme.

Ma Grand-mère et mon père dans les années 1935/36.

L'été passait puis l'automne et venait le moment où il fallait commander le charcutier itinérant qui viendrait à la ferme préparer les « cochonnailles ».

Généralement au début décembre ce monsieur arrivait avec tout son attirail. Les cochons, il y en avait deux, sortaient de la porcherie et une fois sur deux devinant ce qui allait leur arriver prenaient la poudre d'escampette. L'un des deux survivra car on ne pourrait pas consommer ce qui ne se garde pas. L'autre cochon attendra son tour aux environs de Pâques.

Alors là commençait le rodéo, les plus lestes lui courraient après en essayant de le guider vers l'abattoir de fortune. Une fois fatiguée la créature se laissait approcher.

Un pétrin avait été installé sous la treille et il fallait mettre le cochon sur le dos les quatre pattes en l'air. Soixante-dix kilos environ il fallait donc être plusieurs pour le tenir car il gesticulait pour échapper à sa mort prochaine. Et elle arriva car le charcutier lui planta un couteau dans la gorge. La pauvre bête hurlait de douleur pendant que le sang coulait à flots dans la lessiveuse. Ma sœur et moi nous nous sauvions en courant effrayés du spectacle. A cette époque Brigitte Bardot n'avait pas encore fait changer la législation sur l'abatage des animaux.

On récupérait le sang qu'on mettait de côté pour faire les boudins. Les femmes qui aidaient à la besogne remuaient le sang pour qu'il ne coagule pas. On ajoutait des condiments et des petits bouts de gras que l'on mettait dans les boyaux avant la cuisson.

Ensuite on arrosait le cochon d'eau chaude, 70° et c'était très important. Moins chaud on ne peut pas arracher les poils et plus chaud non plus. Donc il fallait arroser la bête en continu avec de l'eau à bonne température et on grattait les poils à l'aide d'un couteau ou d'une raclette jusqu'à ce que sa peau ressemble à une « peau de bébé ». Je me demande comment ils pouvaient contrôler la température de l'eau sans thermomètre, certainement avec les doigts. Ma sœur et moi ne l'avons jamais vu, les enfants n'avaient pas le droit de s'approcher du feu et de l'eau bouillante.

Le cochon était ensuite sorti du pétrin pour être pendu aux crochets fixés sur le portail de la grange. Le charcutier pouvait alors commencer son travail d'expert. Il vidait le cochon de toutes ses entrailles pendant qu'il était encore chaud et on récupérait les boyaux qu'il faudra vider, nettoyer à l'eau chaude pour être utilisés plus tard à faire les saucisses et le boudin.

Il fallait attendre que la carcasse refroidisse avant de continuer pour préparer la charcuterie. Tout le monde en profitait pour boire un coup.

« Tout est bon dans le cochon » dit-on et c'est vrai. Le cœur, le foie et les poumons serviraient à faire la « frisure ». Tous ces morceaux étaient coupés en petits dés, bouillis dans de l'eau vinaigrée, rincés puis cuits dans une marmite et on ajoutait de l'ail et du persil. C'était très bon. Ensuite le charcutier découpait les jambons puis les épaules. Le reste du cochon était déposé sur une planche pour la découpe finale. Le filet mignon une fois prélevé sera mangé dans les jours suivant ainsi que quelques côtes.

On séparait la rouelle du jambon et on mettait ça de côté pour le salage ainsi que la poitrine et le lard qui pouvait se conserver presque toute l'année. Environ deux kilos de sel par jambon. Dans le fonds du saloir une couche de sel puis le jambon que l'on frottait énergiquement à la gnole puis que l'on recouvrait de sel. Après plusieurs mois on le sortait pour l'étaler sur des planches au grenier. On pouvait le conserver un an. Ma sœur et moi allions souvent découper un petit bout de jambon pour calmer un petit creux en milieu de matinée. Personne ne s'en apercevait, du moins c'est ce qu'on croyait.

Tout le reste était transformé en saucisses, en saucissons et en caillettes. La couenne, le gras et toute la viande que l'on pouvait récupérer servait à confectionner les mursons, saucisses grosses comme le bras et hachées grossièrement que l'on servait dans la soupe. Ma sœur et moi n'étions pas friands de ce genre de saucisses : il y avait des morceaux de cartilages qui avaient réussi à passer le contrôle, qui étaient trop dur pour nos dents quand ce n'était pas un morceau de couenne.

Une fois la viande hachée et enfermée dans les boyaux ils étaient pendus pour le séchage. Plusieurs jours après, les saucissons étaient roulés dans la farine ou dans du poivre haché et étaient rependus et consommés dans l'année. Une partie de la viande additionnée de foie, de lard, de sel et de poivre était hachée puis rehaussée d'une bonne tasse de gnole, qui faisait des merveilles, avant d'être transformée en pâtés. La viande additionnée d'herbes, d'épinards et de blettes, enveloppée dans la crépine était transformées en caillettes. Ensuite on remplissait les bocaux qui, bien fermés, allait faire un tour pendant trois heures dans la chaudière contenant de d'eau bouillante.

Ce n'était pas que quelques bocaux car un cochon de soixante-dix kilos ça fait beaucoup de viande. Donc c'était des bocaux par dizaines qu'il fallait ébouillanter avant de les remplir et surtout changer le caoutchouc hermétique et contrôler le système de fermeture. Une couche de paille, une couche de bocaux, une couche de paille et ainsi de suite dans la chaudière pour que les bocaux en verre ne se cassent pas pendant l'ébullition. C'était la stérilisation.

Bien sûr pas de frigo ni de congélateur donc on se servait des moyens de l'époque, le sel, la *saumure, le saindoux et les bocaux.

Notre grand-mère pouvait garder des œufs couverts de saindoux dans des jarres en terre pour être consommés durant la période pendant laquelle les poules ne pondaient pas. Si les souris n'arrivaient pas à entamer les saucissons pendus au plafond on pouvait en profiter jusqu'à la saignée du prochain cochon et même plus tard encore.

Nous ne mangions jamais de la viande de bœuf même si on pouvait l'acheter au marché de Valréas. C'était bien sur cher et nous avions par ailleurs suffisamment de viande à manger entre le cochon, les chevreaux et la bassecour sans compter les produits de la chasse.

Nous allions une fois par mois au marché de Valréas et c'est ma mère qui insistait pour y aller car la vie à la ferme était un peu monotone pour elle et cela lui changeait les idées.

Pour aller au marché c'était assez compliqué. D'abord à pied jusqu'à la ferme des « Duc » de l'autre côté de Béloure et ensuite en voiture avec Abel.

Abel était très engagé dans la politique et, comme tous les paysans des années 40 et 50, un adepte du parti communiste. Il allait même jusqu'à valence pour participer à quelque manifestation syndicaliste. Il était abonné au journal l'Humanité qui le tenait au courant de tous les évènements majeurs dans la France rurale. Il possédait une Peugeot 201 des années 30. Il allait régulièrement au marché pour vendre quelques denrées de la ferme. Il ne fallait pas être pressé car Abel ne voulait pas « pousser » sa voiture. Il ne fallait pas non plus se plaindre du manque de place à l'aller, mais ç'était mieux au retour quand il avait vendu sa marchandise. Il y avait bien sur un service de car entre Montbrison est Valréas mais un car le matin et un seul le soir n'était pas pratique. Abel nous demandait une participation comme il disait : pour, l'essence, l'huile et l'usure des pneumatiques. Abel avait déjà inventé le co-voiturage.

Abel était par contre un excellent chasseur et il n'y avait pas deux comme lui pour chasser les Bécasses ce que notre grand père n'était pas capable, manque de patience ou de courage. Abel pendait les Bécasse par le bec et quand elles tombaient elles étaient prêtes à la consommation. Sa femme Lucienne les plumait, les embrochait et elle allait les positionner dans la grande cheminée de la cuisine. Ensuite comme le voulait la tradition on les passait à la moulinette, les tartinait sur de grandes tranches de pain préalablement huilées à l'huile d'olive et en dernier on rajoutait la poivrade et seulement là c'était prêt à être consommé.

Abel et Lucienne avaient une petite cuisine ou la cheminée tenait la meilleure place, une table au milieu de la pièce où ils prenaient leurs repas quotidiens, une horloge provençale qui touchait presque le plafond bas et noircis par la cheminée. Lorsque nous étions invités à ce festin les Maffait et les Charpenel étaient reçu dans la salle à manger attenante pas par courtoisie mais par manque de place dans la cuisine.

Nous n'étions pas en famille avec les Duc mais on les retrouve sur toutes les photos de famille d'avant le mariage de mes parents et aussi après. Il y a même une photo ou la fille des Duc « Sylvette » tiens dans ses bras ma sœur le jour de son baptême. C'est peut-être pour ça que ma sœur est baptisée Sylvette.

* Jardinière : petite charrette à 4 places
* Saumure : eau salée à 10% pour conserver certaines viandes ou les olives

Les veillées.

L'été les journées étaient longues et l'on s'occupait jusqu'à la tombée de la nuit. Mais l'hiver c'était différent, les jours s'amenuisaient et il fallait avoir terminé les travaux à l'extérieur avant que la nuit ne tombe.

Les tâches ménagères restaient les mêmes. La bassecour ne demandait pas trop de travail, car les poussins qui avaient été nourris avec un mélange d'œufs durs et d'orties avaient pris du poids et étaient prêts à être vendus ou à être consommés. Les poules ne pondaient guère et les volailles restantes seraient consommées pendant l'hiver. Celles qui échapperaient à la casserole serviraient pour la reproduction dès le printemps suivant. Il n'y avait que la dinde qui était choyée et avait toute notre attention car elle devait prendre encore un peu de poids avant la Noël.

La taille des vignes était terminée et les sarments ramassés, attachés en fagots et rangés au sec dans la grange. Tout le long de l'hiver, ils serviraient à allumer ou raviver le feu dans la cheminée. A part la taille des arbres fruitiers qui pouvait attendre encore, les travaux des champs étaient limités. En revanche, l'entretien du matériel agricole se faisait pendant cette période ainsi que la réparation des clôtures.

Mais c'était aussi la saison de la chasse et on pouvait espérer que le grand-père reviendrait avec la gibecière pleine et que la broche tournerait dans la grande cheminée.

Et bien sûr, les trois mois d'hiver - décembre, janvier et février - rimaient avec truffes. Le cavage pouvait commencer et le grand-père partirait dans la truffière armé d'un petit pic, sa musette en bandoulière contenant de bonnes choses qui serviraient à récompenser « Pompone », sa chienne, quand elle aurait marqué une truffe mais aussi à la motiver à en trouver d'autres. Et là, commençait la saison des volailles truffées que la grand-mère cuisinait sans modération.

A l'automne le grand bassin avait été vidé et nettoyé. Il se remplirait d'eau tombée du ciel pendant l'hiver. A cette époque, Il servait comme réservoir au cas où la source se serait tarie. Sans eau pas de vie.

Le lavoir, en revanche, était alimenté en continu par la source, ce qui permettait de laver le linge à la cendre et de pouvoir le rincer ensuite. L'été ma sœur et moi, nous nous baignions dedans sous la surveillance de notre mère et le lavoir changeait de fonction se transformant ainsi en piscine.

La cendre de bois de la cheminée était utilisée pour laver le linge. Dans la chaudière on mettait le linge, la cendre et on faisait bouillir. Ensuite le linge était transporté au lavoir, battu et rincé dans cette eau claire.

Le rythme de la vie était donc au ralenti. Les gens vivaient quand même autant dehors que dedans car il y avait encore de belles journées, même si elles étaient plus courtes. On pouvait encore aller glaner quelques amandes que la gaule du grand-père n'avaient pas fait tomber. Les dernières mures, cueillies sur les ronces sauvages, se défendaient avec leurs épines mais avaient terminé leur existence et étaient transformées en confitures.

La soupe du soir était devenue plus épaisse et plus grasse. Soi-disant parce que le corps en avait besoin pour supporter l'hiver, en attendant le retour du printemps et des vitamines.

Une tradition que personne ne voulait remettre en cause, c'était les veillées. Une tradition ancrée dans le rythme de vie des paysans en Provence depuis le moyen âge. Le principe était simple : on prenait le „Fanau" la lanterne tempête dont la flamme résistait au mistral le plus violent et toute la famille empruntait le chemin qui menait à l'une des fermes voisines. Parfois deux, parfois trois kilomètres. Même qu'une fois, nous étions montés plus loin que « Gaille » au pied de la Lance, pour veiller chez Lydie Vigne la nourrice de notre père née en 1897. Car la grand-mère qui devait faire tourner son établissement « le rendez-vous des gourmets » n'avait pas le temps d'allaiter son fils unique.

C'était toujours après le repas du soir que l'on mettait des vêtements chauds et que l'on s'apprêtait à sortir. Personne ne regardait sa montre, le temps n'avait pas d'importance. Seules les relations humaines comptaient.

Arrivés sur place, après les embrassades, tout le monde s'asseyait autour de la table et parfois, lorsque le temps était au froid autour de la cheminée dont les flammes dansaient dans l'âtre et projetaient nos ombres sur le mur.

Les hommes parlaient entre eux, un verre de gnole à la main. Les femmes et les enfants avaient droit à quelques boissons chaudes, verveine, tilleul ou autre. La maitresse de maison avait bien sûr pris le temps, dans l'après-midi, pour faire croquettes et biscuits maison qu'elle mettait à notre disposition. Les meilleurs clients c'était assurément les enfants dont nous-mêmes. Dans certaines fermes il y avait d'autres jeunes enfants, comme nous, que nous connaissions de l'école mais nous n'allions pas jouer dans une autre pièce. Il était tout naturel de participer à la veillée ou tout simplement d'écouter les adultes.

Quelques femmes prenaient leur ouvrage que ce soit tricot ou broderie, et les discussions allaient bon train. Il y avait aussi les nouvelles, celles qu'on ne connaissait pas ou que l'on n'avait pas encore entendues. Par exemple la mort « d'un tel », le mariage de la fille de « machin », le fils de « truc » qui avait trouvé du travail à la ville et gagnait fort bien sa vie etc.

Ces nouvelles ou ragots allaient de ferme en ferme par le truchement de ces veillées, et peut-être que les récits variaient un peu chaque fois qu'ils étaient racontés. Il arrivait aussi qu'un homme raconte quelques odyssées vécues à la guerre ou dans sa jeunesse, ou qu'un autre homme qui avait fait un voyage jusqu'à Lourdes pour voir la Vierge raconte lui aussi son histoire. Il y avait toujours au moins une nouvelle histoire.

Quand les bâillements se faisaient trop nombreux, surtout ceux des enfants, c'était le signe du départ. En quittant la pièce chaude nous nous confrontions souvent au Mistral qui ne tenait pas compte que nous, enfants, nous étions en culottes courtes et jambes nues. *„fai pas caud " disait les adultes en Provençal et en cœur et Il fallait marcher les uns derrière les autres en se tenant soit par la main soit par les habits car la nuit était noire et nous n'avions qu'une lanterne. Il pouvait faire froid quand le vent se levait et on se languissait d'arriver pour se mettre au chaud.

Cela me fait penser au tableau du célèbre peintre Flamant Pieter Breughel l'ancien intitulé « l'aveugle guidant les aveugles ». On devait ressembler à ça !

L'aveugle guidant les aveugles

Arrivés à la ferme la grand-mère remplissait de braises la bassinoire en cuivre et la passait dans nos lits. Les draps, alors, étaient tout chauds et c'était un vrai bonheur de se glisser dessous.

Personne n'abusait de ces sorties nocturnes, mais chaque ferme était visitée au moins une fois dans l'hiver.

Certaines familles profitaient de ces veillées pour mettre ses visiteurs à contribution. Soit on triait des lentilles en les étalant sur la table et on prélevait un par un, les petits cailloux intrus qui s'étaient glissés dans le tas, et qui étaient impropres à la consommation et surtout dangereuses pour nos dents. On a vu ainsi, des soirées ou l'on cassait des noix pour en extraire les cerneaux ou casser des coques pour en retirer les amandes qui feraient partie des treize desserts de la „Nouvé", (Noël).

Et oui, la Noël, ma sœur et moi on attendait ça depuis le début décembre. Là on trouvait le temps long. On aurait dit que les jours s'allongeaient même si le soleil disait le contraire.

La veille de Noël la journée était un jour comme les autres par les tâches quotidiennes mais devenait différente en début de soirée. En fin d'après-midi le grand-père avec son « racé » à la main, partait je ne sais où, chercher un arbre qui ressemblait à un sapin. Peut-être aux pieds de la Lance… ou ailleurs… Il revenait avec un arbre qui ressemblait à un sapin mais avec les branches à l'envers. En effet en Haute Provence pullulaient les pins maritimes et autres épicéas mais pas de vrai sapin.

La grand-mère sortait un carton de l'armoire à linge qui contenait les décorations de Noël. Tout le contenu n'était pas de la « dernière pluie » comme on dit en Provence et avait dû servir aussi quand mon père était enfant. Mais malgré tout, même défraichie, la décoration une fois sur l'arbre faisait son effet. Pas de guirlandes électriques, les petites bougies, qui avaient déjà servi, pouvait-on constater, tenaient sur l'arbre grâce à une petite pince en métal.

On n'allumera pas le sapin avant le dernier coup de minuit car Noël c'est le vingt-cinq décembre et pas le vingt-quatre.

Le repas du soir ressemblait à tous les autres jours et ensuite il fallait attendre. Cette attente était pour nous interminable. Bien sûr, le vingt-cinq on aurait droit au festin avec la dinde bourrée de truffes.

Vers onze heures du soir, on frappa à la porte. Ce sont les voisins qui nous « prennent en passant » pour monter à l'église assister à la messe de minuit. Nous voilà partis en cortège. Ma sœur et moi connaissions la route car nous l'empruntions chaque jour pour aller à l'école.

Ma mère et mon père ne venaient pas avec nous car ils avaient soi-disant, autre chose à préparer… Le grand-père, athée, ne mettait pas les pieds à l'église mais signait, paradoxalement, d'une croix sous la grande miche de pain avant de le couper, vieille habitude peut-être ou seulement pour conjurer le sort !

Nous étions parvenus sur le parvis de l'église où les gens attendaient l'arrivée du curé. Celui-ci gravissait la côte en cortège accompagné d'un berger portant un agneau sur ses épaules. Les autres personnes qui participaient au cortège tenaient des flambeaux pour éclairer la route. Cela ressemblait plus à une retraite aux flambeaux qu'à un cortège religieux. Le tout au son du fifre et du tambourin, les deux instruments de musique spécifiquement provençaux joués par une seule et même personne, le tambourin avec la main droite et le fifre avec la main gauche. Le curé portait la grande croix qui servait aussi à précéder la procession des enterrements. Mon père m'avait raconté que lorsqu'il était enfant de cœur c'est lui qui portait la croix. De l'église au cimetière il y avait bien 300 mètres et la croix, de plus d'un mètre de haut, était lourde.

Tout ce beau monde entrait dans l'église suivi par ma sœur et moi. A côté de l'autel quelques locaux en habits traditionnels donnaient vie à la crèche, la vierge et Saint Joseph étaient représentés par un couple de jeunes paysans du village. L'enfant jésus lui n'était pas vivant mais remplacé par un poupon en celluloïd.

Le berger est ensuite venu offrir à l'enfant jésus l'agneau, le dernier né que l'on dépose à côté de l'enfant. Tout un rituel donc mais avec une ferveur étonnante. Au-dessus de cette crèche vivante une étoile en carton-pâte était accrochée au lustre pour figurer l'étoile de la nativité qui a guidé les rois mages jusqu'à la crèche de Bethléem.

Et tous de chanter « Il est né le divin enfant, chantons tous sont avènement » que tout catholique connait par cœur devant le rabâcher années après années dans quelque église qui soit. Après quelques prières que ma sœur et moi trouvions interminables sachant que l'on ne recevrait nos cadeaux qu'une fois rentrés à la maison.

Et voilà tout ce beau monde au dehors ! Les lanternes étaient rallumées et chacun se mettait en route pour retrouver la chaleur de leur foyer.

Enfin de retour à la maison où trône sur la grande table de la cuisine un grand plateau avec les treize desserts ! C'est aussi une tradition provençale que les gens du cru respectaient à cette époque. C'est un dessert de partage, il n'y a qu'un plat unique où tout le monde se sert. Le plat traditionnellement doit rester 3 jours et est servi après la messe de minuit la première fois.

Ces desserts sont figues, amandes, raisins secs, noix, dates, nougat blanc et nougat noir, pâte de coings, fruits confits, orange ou mandarine, abricots secs, fougasse et calissons d'Aix.

On va oublier les calissons car l'épicier ambulant qui ne passe qu'une fois par semaine, n'en avait plus et de même pour le nougat noir.

En pensant à l'épicier ambulant il me revient un souvenir. Son véhicule avait été transformé par lui-même. Sur le côté il pouvait ouvrir un panneau qui permettait l'accès à la marchandise que les clients pouvaient voir pour mieux choisir. Mais en dessous il y avait un autre panneau qui lui donnait accès à une grande cage. En effet il achetait chez les uns des lapins qu'il revendait chez les autres.

Mais, qu'importe, nous étions plus intéressés par les cadeaux. Il fallait d'abord allumer les bougies et nous devions aller dehors avec notre mère pour surveiller la cheminée par laquelle le Père Noël descendrait. Je ne pense pas que nous étions dupes mais c'était de bon ton de faire croire à nos parents qu'on y croyait encore.

Ma sœur et moi nous avions notre petite idée sur l'endroit où les cadeaux étaient cachés. Derrière la porte de la salle à manger, qui était toujours fermée, il y avait un placard mural dans lequel les miches de pain étaient conservées. Le boulanger passait une fois par semaine et les gros pains se conservaient mieux que de nos jours. Enfin en rentrant dans la cuisine, où la cérémonie de Noël se déroulait, nous découvrions nos cadeaux en même temps que l'on réchauffait nos mains qui avaient refroidies pendant que l'on attendait dehors.

Les cadeaux venaient de Paris et bien sûr c'était notre père qui les avait apportés. Pas volumineux car le voyage se faisait en train et en car. Cette année-là j'avais mon premier « mécano » qui a été complété chaque Noël suivant. Ma sœur avait un poupon, pas une poupée car c'était la mode de laisser tomber les poupées filles pour des poupons.

Le deuxième cadeau c'était un paquet de « papillotes » chacun. Les grandes personnes ne recevaient pas de cadeau ce qui est différent de nos jours.

Après avoir largement gouté aux treize desserts, repus et fatigués nous montions à l'étage pour dormir et faire de beaux rêves.

Lexique

*"fai pas caud" fait pas chaud .
* *Racé : petite scie à une main qui servait à la taille des arbres fruitiers.*
* Papillotes : chocolat ou patte de fruit enveloppé dans du papier coloré et contenant toujours un petit mot soit un proverbe soit un rébus.

D'après les textes sacrés les ingrédients qui composaient les treize desserts avaient une signification.
   Les figues sèches représentaient les franciscains.
   Les amandes représentaient les Carmélites
   Les raisins secs représentaient les Dominicains
   Les noix représentaient les Augustins
   Les dates représentaient le symbole du christ par son lieu de naissance
   Le nougat blanc représentait la pureté et le noir les forces du mal et pour certains le diable.

Manger pour vivre.

La vie à la campagne, juste après la guerre, avait des avantages indéniables car surtout on mangeait à notre faim. Je me rappelle, malgré mon jeune âge quand nous habitions encore à Bourg-lès-Valence. Il ne nous était pas possible durant l'occupation allemande d'aller chez les grands parents quand bons nous semblait pour récupérer quelques jambons et saucissons.

Ma mère prenait la poussette à deux places avec ma sœur et moi dedans et elle traversait le Rhône par ce

1941

1943

Pont qui se trouvait à deux cent mètres de chez nous pour aller en Ardèche trouver de quoi manger sans avoir à présenter ses carnets de rationnement. Elle faisait plus de dix kilomètres pour trouver dans des fermes des produits comme du beurre, de l'huile ou de la farine.

En automne, toujours en Ardèche, elle ramassait sur les bords des routes des châtaignes tombées par le vent et elle revenait avec son précieux fardeau en poussant ou tirant cette poussette toujours avec nous dedans. Elle confectionnait de la crème de marron qui manquait, peut-être, d'un peu de sucre mais on se régalait.

Après la guerre mon père redevenu militaire est affecté en Allemagne pour rendre la pareille aux allemands c'est-à-dire occuper l'Allemagne. Nous sommes restés deux ans en forêt noire et nous mangions à notre faim - ou presque - même si les denrées étaient rares on se contentait de cette amélioration. Il nous a fallu attendre le retour en France et notre séjour chez les grands parents pour enfin jouir des plaisirs de la cuisine sans aucune restriction. La ferme possédait trois endroits qui regorgeaient de bonnes choses. Tout d'abord Le poulailler, Petite maisonnette à deux étages à quelques mètres de la ferme qui abritait poules, pintades, canards, dindes et j'en passe.

Le Péageon 1950

Ensuite les lapinières à côté de l'alambic où, dans une vingtaine de « cages à lapin » la grand-mère faisait de l'élevage intensif.

Et enfin la remise où vivaient chichement les chèvres, les cochons et la mule. Dans une grande pièce au-dessus des cochons, une multitude de lapins des deux sexes s'adonnaient aux plaisirs des dieux et fournissaient la matière nécessaire pour remplir les cages à lapins.

Il ne fallait pas aller loin pour cueillir estragon, thym, laurier et romarin. Et là nous avions la matière première pour nourrir les habitants de la ferme. Bien sûr cousins, cousines et membres de la famille de la grand-mère et du grand-père venaient faire le plein sans avoir à fournir aucun effort pour remplir leur garde-manger.

La voiture du frère à Maurice   *La moto de Marcel Ours*

Je me souviens de deux épisodes. Le frère du grand père qui habitait Roman à coté de Valence venait avec sa voiture qui avait à l'arrière une grande malle. Un trajet de cent kilomètres, il fallait que sa vaille le coup pour venir de si loin. L'autoroute n'était même pas encore en projet et il fallait traverser collines et montagnes tout le long du parcours.

Dans cette malle s'engouffraient légumes du jardin, jambons, saucissons, caillettes, et autres.

Et à l'arrière du véhicule à la place des passagers, poules et lapins, les pattes dûment ficelées. Bien sûr, il y avait encore de la place pour les œufs frais, la bonbonne de vin et quelques bouteilles de gnole.

Le deuxième épisode est plus gai. Le cousin de Venterol, du coté de ma grand-mère, Marcel Ours, un grand gaillard d'un mètre quatre-vingt arrivait sur sa moto avec side-car. Pas de passager dans le side-car, ça devait servir à transporter la marchandise. Il avait, lui-même, un grand jardin à Venterol mais pas de basse-cour car il habitait place du château au cœur du village. Il venait en fin de matinée et il avait le temps de choisir ses volailles dont il fallait attacher les pattes pour le transport. Tout allait bien. Les volailles choisies, il restait pour le repas de midi. Le grand père, ne connaissant pas le mot parcimonie, servait du vin sans modération. Après le repas une tasse de chicorée suivie de la gnole « maison » qu'il fallait, soi-disant, goûter pour ne pas vexer le grand père. En fin d'après-midi, il devait reprendre la route avec son chargement. Le voilà parti.

Plus tard, avant la tombée de la nuit, le père Barjavel qui rentrait des champs avec sa charrette et qui passait presque chaque soir devant la ferme, donna l'ordre à sa mule de s'arrêter. Il dit au grand père « ce n'est pas la moto de ton cousin Marcel qui est garée au bord de la vigne juste avant d'arriver au centre ? ».

Et nous voilà parti en direction du centre. En effet, la moto était là avec des poules comme passagers dans le side-car mais pas de pintades.

Mais où est Marcel ? On appelle et finalement on le retrouve endormi sous un plan de vigne. « Mais qué faille » dit le grand père en Provençal. Et tout ébahi, Marcel de répondre : « Les pintades se sont fait la malle dans les vignes et je leur ai couru après. Je n'ai pas pu les attraper et elles courent encore ». Il s'était assoupi pour retrouver les forces qu'il avait perdues en courant dans les vignes et peut être aussi à cause de la gnole du grand père.

Tout ragaillardi, il repartit pour Venterol où, on l'a su plus tard, il était arrivé sans encombre.

Pour en revenir au poulailler, je me souviens qu'un jour, ayant dû trouver le temps long à ne rien faire et fatigué de jouer aux osselets ou aux dames il m'avait fallu inventer une occupation. J'avais vu dans la remise une vieille roue de bicyclette sans pneu et une idée me traversa la tête. Je ne vois pas le grand-père sur un vélo, donc ça devait être mon père l'ancien propriétaire.

Deux tréteaux, deux planches, la roue fixée sur le mur du poulailler à l'aide de fil de fer, des numéros de un à dix dessinés sur du carton et fixés avec des pinces à linge sur les rayons et voilà la roue de la fortune ! J'avais vu ça à la fête votive du village. Il manquait encore de marquer à la craie les mêmes numéros sur la planche là où les mises devaient être déposées. Une pince à linge avec un bout de carton devait faire le bruit que chacun attend devant une loterie. Une flèche indiquait le chiffre vainqueur. Il ne manquait que les lots à gagner. Et ça s'était un peu plus compliqué. Sur la pointe des pieds, dans le garde-manger je trouvais la solution. De la pâte de coings que la grand-mère avait faite l'automne dernier, dans des petits verres empruntés à la cuisine, les raisins à l'eau de vie du grand père et quelques « croquettes de Vinsobres » que ma mère avait acheté la dernière fois que nous étions au marché de Valréas et enfin, sans oublier ces gousses d'ail violet, le meilleur de tous.

Maintenant il fallait attendre les clients. La première cliente était ma mère qui souriait de voir ce que son fils unique et préféré était capable d'inventer. La mise était en centimes de l'époque. La roue tourne et la première cliente n'a rien gagné. La seconde était la grand-mère et elle repartait bredouille aussi. Ce n'était pas leur jour de chance ! Par contre les centimes étaient en sécurité dans ma poche. Le facteur qui, pour une fois, apportait un colis s'est laissé tenter, lui aussi sans succès.

C'est seulement le père Barjavel qui, chanceux, engloutit les raisins et la gnole.

« Revenons à nos moutons, comme on dit ! » Car je parlais nourriture.

Il y avait de la viande presque à tous les repas que ce soit de la volaille ou de la charcuterie maison, que bien souvent l'on retrouvait aussi dans la soupe.

Ma grand-mère avait tenu un établissement « le rendez-vous des gourmets ». Elle savait faire la cuisine. Ma mère, orpheline, avait été placée à l'âge de quatorze ans au château de Crest comme apprentie cuisinière et plus tard, devait opter pour le métier de couturière afin de satisfaire la demande nationale. Nous avions donc toutes les chances de notre côté.

Le rendez-vous des gourmets établissement Maffait.

Il y avait plusieurs méthodes pour attraper et tuer les volailles. Les lapins, on les prenait dans les cages car c'était plus facile que dans la grande lapinière. C'était la grand-mère qui les tuait car ma mère n'était pas très courageuse pour ce genre de besogne. Le lapin donc, lui, recevait « le coup du lapin ». Tenu par les pattes de derrière, ma grand-mère assenait avec le rouleau à pâtisserie un coup derrière la tête et tout de suite, à l'aide d'un couteau lui arrachait un œil pour récupérer le sang qui servait à faire la sauce pour « le civet de lapin » dont elle était experte.

Les pintades, avec leur cri « pourquoi, pourquoi, pourquoi » qu'elles semblaient crier nous narguaient et neuf fois sur dix se réfugiaient sur le toit du poulailler. Normalement les pintades il fallait les étouffer. On les pendait avec un nœud coulant à la porte de l'étable et on les laissait se débattre jusqu'à ce que mort s'ensuive.

Même qu'une fois, tous lassés de courir après une pintade, le grand père allait chercher son calibre douze et « pan ! », la pintade était prête pour la casserole. La viande serait moins rouge et serait truffée de plombs.

Les canards, c'était une autre affaire ! Ils couraient beaucoup plus vite qu'on ne le croyait. Une fois qu'on leur avait mis la main dessus, la seule et vraie façon c'était la guillotine. Méthode inspirée de la révolution de 1789 peut être, mais efficace. La tête sur le billot et à l'aide d'une hache on leur tranchait le cou. Le plus drôle, si on peut dire, c'est que le canard partait en courant sans tête et sans son sens d'orientation. Il pouvait parcourir plus de cinquante mètres avant de tomber raide-mort. Ces méthodes nous paressaient un peu barbares, à nous enfants de la ville, mais fort etait de constater qu'après quelques tueries de ce genre on n'y prêtait plus d'attention.

Naturellement, on faisait nos conserves pour l'hiver. Les haricots verts, les blettes, les champignons et j'en passe… finissaient dans des bocaux en verre hermétiquement fermés avec une rondelle de caoutchouc pour ensuite être plongés dans l'eau bouillante pendant des heures.

Parmi les bons plats il y avait le « Salmi » de grive. Ces pauvres petites bêtes après avoir été plumées, étaient cuites à la broche dans la grande cheminée. Ensuite on les passait à la moulinette, y compris la tête et la carcasse. Puis on tartinait ça sur une tranche de pain grillé et par-dessus on ajoutait la poivrade. C'était un régal.

Un plat que plus tard mes enfants ont baptisé « le petit déjeuné provençal » consistait à faire cuire des œufs au plat. Au premier abord rien de particulier sauf que les œufs sont cuits dans l'huile d'olive et sont additionnés d'olives noires, puis sont salés et poivrés et ensuite déglacés au vinaigre de vin. Ça pétillait et giclait de partout et on servait ça avec une tranche de pain de campagne. Combien d'heureux j'ai pu faire depuis en servant les œufs de cette manière le matin sur notre terrasse. Ma sœur fait, d'ailleurs, toujours de même.

Les grosses tomates du jardin étaient souvent sur la table. Soit en salade avec des oignons et de la basilique bien mélangées avec la vinaigrette soit elles permettaient de finir tous les restes. Les tomates étaient évidées, le contenu mis de côté. Le pain rassit était mis à tremper dans du lait de chèvre. Tous les restes de viande, volailles et cochonnailles étaient passés à la moulinette. On mélangeait tomates écrasées, pain et viandes puis on ajoutait herbes de Provence, oignons et échalotes. De ce mélange, on remplissait les tomates creuses. Tout ça passait au four à bois pendant une heure. Rien que d'y penser il me vient l'eau à la bouche.

Il y avait aussi cette multitude de pigeons qui vivait à la ferme. Tout en haut du mur de la façade sud il y avait des trous, bien réguliers et tous de même taille. Quand on montait au grenier, on pouvait accéder à hauteur d'homme à des petites portes d'une vingtaine de centimètres. Lorsqu'on les ouvrait on voyait le jour car cela correspondait aux trous à l'extérieur. C'est là que les pigeons élevaient leurs pigeonneaux. Il n'y avait qu'à se servir quand ils avaient encore du duvet et étaient tendres à souhait. Il ne fallait pas attendre qu'ils s'envolent.

Les croquettes, les crêpes et autres biscuits étaient bien sûr appréciés par ma sœur et moi même. Le plus drôle c'était les tuiles. Une pâte à biscuit qu'on roulait sur la table et qui était découpée en rondelle à l'aide d'un verre que l'on appliquait sur la pâte. Cuites au four quelques minutes on les mettait ensuite en équilibre sur un manche à balai calé entre la table et une chaise. Le biscuit, encore chaud prenait alors la forme du manche à balai pour ressembler à une tuile. J'ai gardé ces recettes dans ma tête depuis mon enfance.

L'olivière ou le rendez-vous des gourmets

La chasse

À la ferme, Les soirs d'hiver, après la soupe et après la vaisselle, les occupations n'étaient pas tellement variées. Le grand père remettait du bois dans la cheminée et attisait le feu parce que comme il disait »coumençaou de faire fre ». Pourquoi le feu ? Et bien parce que la cheminée restait allumée presque toute l'année. Le chaudron était pendu sur les flammes qui pétillaient et envoyaient des étincelles de partout et fournissait de l'eau chaude. La soupe se faisait là aussi été comme hiver. Les flammes dansaient et éclairaient le plafond qui ressemblait à un ciel étoilé une nuit d'août. L'ambiance était chaleureuse à souhait et il on avait envie de rester là.

La grand-mère, aidée par ma mère, allait chercher les cartons, la colle et tout le matériel nécessaire pour la confection de boites. Si l'élevage des vers à soie rapportait un peu d'argent la fabrication des boites tenait aussi un rôle important pour améliorer le quotidien.

Tous les membres de la famille, à l'exception du grand père, se mettaient autour de la table et travaillaient tout en bavardant.

Valréas, la ville voisine, capitale du cartonnage, imprimait, découpait et livrait à domicile dans pratiquement toutes les fermes environnantes tout ce qu'il fallait pour confectionner ces boites.

La plupart du temps nous faisions des boites soit pour des produits pharmaceutiques soit pour parfums : des rondes, des carrés, des ovales mais aucune de grande taille. Toutes les pièces étaient assemblées, collées une à une. La boite finie on en recommençait une autre. Certaines étaient simples et d'autres plus compliquées avec une finition plus luxueuse comme par exemple un liseré or à coller ou un ruban à fixer sur le couvercle. La rémunération des boites était proportionnelle à la difficulté et à la rapidité de leur confection.

Le grand père lui avait d'autres occupations. L'une d'elle, très importante, la fabrication des cartouches pour la chasse. Nous avions, certes, des poules, des pigeons des pintades et j'en passe mais le goût du sauvage n'était que dans la nature.

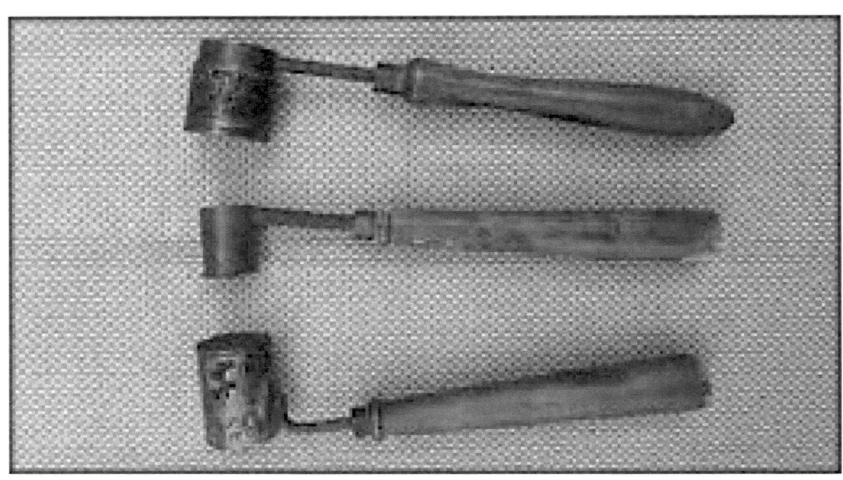

Le matériel nécessaire se composait d'abord de cartouches usagées qui pouvaient resservir mainte fois, de la poudre, des amorces, de la bourre, de la grenaille et une petite machine à sertir. Le procédé, en soi, était assez simple. La première chose était d'enlever l'ancienne amorce à l'aide d'une pointe et d'un petit marteau et de la remplacer par une neuve. La deuxième étape constituait à mesurer, à l'aide d'un petit gabarit en cuivre, la quantité de poudre pour remplir la cartouche. Ensuite venait « la bourre » qui séparait la poudre de la grisaille. En ces temps durs, juste après la guerre, il était difficile de se procurer les produits adéquats c'est pourquoi la bourre était remplacée par du papier journal que l'on tassait fermement à l'aide d'un bout de bois qui avait, bien sûr, la taille de la cartouche. Ensuite on utilisait un deuxième gabarit pour la grenaille. Comme pour la poudre il ne fallait pas en mettre plus que nécessaire. Enfin, il ne restait plus qu'à sertir à l'aide de la petite machine munie d'une manivelle. La première cartouche était prête et il n'y avait qu'à recommencer pour la suivante.

Ce n'était pas tous les jours que Maurice, mon grand-père, allait à la chasse et encore moins les fois où il m'emmenait.

Mais je me souviens de plusieurs parties de chasse qui, d'habitude, n'était réservée qu'aux adultes et surtout qu'aux hommes. N'importe comment je ne serai qu'un spectateur en culottes courtes et jamais acteur.

Nous voilà donc parti un matin de bonne heure pour chasser les alouettes. Nous traversions les champs de lavandes qui, bien sûr, n'avait plus de fleurs mais formaient des boules bien alignées les unes contre les autres sur des centaines de mètres.

Ce jour-là j'étais assistant car il vaut mieux être deux pour cette activité (c'est d'ailleurs pour ça qu'il m'avait emmené). Le grand-père me laissait à un endroit propice et allait planter le « miroir » en forme de T. Cet appareil, aujourd'hui interdit d'usage, était façonné en bois et avait, sur les deux faces, des fragments de miroir et il pouvait tourner sur lui-même.

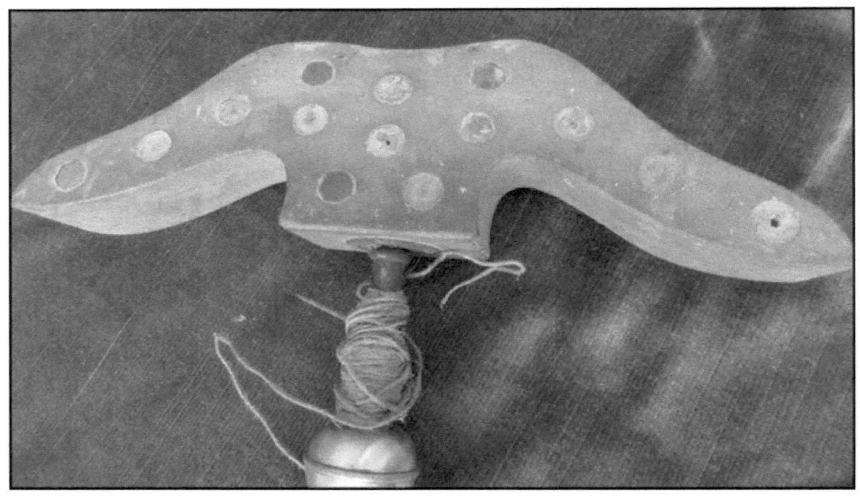

Mon grand-père entourait l'ustensile d'une longue ficelle et revenait vers moi en tenant les deux bouts. Il devait y avoir au moins trente mètres entre le miroir et moi. Ma participation consistait à tenir un bout dans chaque main et de tirer sur la ficelle, un coup à droite et un coup à gauche. Le miroir se mettait en mouvement et tous ces fragments de miroir envoyaient des rayons de lumière qui attiraient les oiseaux. Le grand-père, lui, se tenait prêt, le fusil de calibre douze bien calé contre son épaule. Il fallait bien sûr attendre à plat ventre, parfois longtemps, mais le suspense était si fort que je ne voyais pas le temps passer. Deux détonations qui ont retentit m'ont fait sursauter et deux alouettes bâtant de l'aile allaient atterrir à quelques mètres du miroir/piège. Le bruit avait, bien sûr, fait peur à tous les oiseaux du voisinage et il nous fallait déménager tout le matériel pour s'installer un peu plus loin. Ce jour-là le fruit de la chasse n'avait été que quatre pauvres oiseaux. Nous étions cinq à la maison, pas de quoi faire un festin.

Perdreau

Alouette

C'était différent quand il m'emmenait à la chasse au perdreau (qui n'est autre qu'une jeune Perdrix). Il fallait emmener le chien car c'est lui qui faisait le plus gros du boulot. On marchait à la queue leu-leu derrière le chien qui répondait au nom de « Pomponne ». Maurice suivait et je fermais la marche. Cette chasse consistait à suivre le chien tranquillement et sans faire de bruits jusqu'au moment où le chien marquait l'arrêt. Une patte en l'air et immobile comme une statue. Attention le perdreau était là et il allait certainement prendre son envol. Et c'était bien le cas. Premier coup de fusil manqué, le deuxième avec plus de chance ou de dextérité. Il fallait, ensuite, continuer notre chemin, en attente du même scenario.

Ce jour-là nous avons eu plus de chance car c'est cinq perdreaux qui remplissaient la gibecière du grand père de retour à la ferme.

C'était maintenant le travail de ma mère et de ma grand-mère de préparer les oiseaux, les plumer et les vider. Peut-être que le grand père s'occuperait de la cuisson à la broche dans la grande cheminée de la cuisine, mais ce n'était pas sûr du tout.

J'ai participé une autre fois avec Maurice et son chien à une autre chasse aux perdreaux mais c'était un lièvre que le chien avait levé. Il était énorme et le grand père avait dû tirer deux fois avant de le tuer. Il devait peser au moins quatre à cinq kilos. C'est fier que nous sommes retournés à la ferme en espérant rencontrer un voisin chasseur pour pouvoir nous vanter de notre prouesse. Même si je n'avais rien fait d'autre que d'être spectateur je pensais avoir droit à la moitié de la gloire.

La chasse la plus facile ou même ma sœur pouvait suivre de près c'était quand le grand père « tirait » les petits oiseaux. Dans la buanderie il y avait un fenestron qui donnait sur une petite cour ouverte derrière la ferme. Au milieu de cette cour trônait un amandier « pistache » qui produisait des amandes friables et faciles à casser. On pouvait les broyer entre deux doigts et le goût était presque le même que celui des amandes traditionnelles avec peut être un petit goût de pistache d'où son nom ? Quand le vent les faisait tomber elles se cassaient. C'était à ce moment que ces petits oiseaux venaient les picorer. Le grand père se calait contre la fenêtre son fusil chargé avec deux cartouches à petites grenailles et Pan ! Pan ! En deux coups de fusil on allait ramasser une trentaine d'oiseaux. Je ne me souviens pas de quelle espèce d'oiseaux il s'agissait mais je me souviens que lorsqu'on les plumait grossièrement pour ensuite bruler aux flammes de la cheminée ce qui restait de plumes une multitude de petits duvets flottaient dans toute la cuisine. Cuits à la broche et ensuite passés à la moulinette ces pauvres petites bêtes finissait sur des tartines.

De nos jours il n'y presque plus de perdreaux ni de lièvres ni de lapins. La culture intensive, les pesticides qui tuent les insectes dont se nourrissent les oiseaux, l'arrivée dans les années soixante-dix du sanglier qui a proliféré et a envahi les campagnes puis dans les années quatre-vingt-dix l'arrivée des chevreuils ont changé la faune et la flore.

Aujourd'hui la chasse aux perdreaux se fait grâce à un lâcher d'oiseaux élevés en cage et de même pour les lapins.

Le sanglier et le chevreuil se chassent en battue avec une meute de chiens, une dizaine voir plus, et c'est une autre chasse, un autre matériel, une autre passion à laquelle aujourd'hui beaucoup s'adonnent.

Meute de chiens pour la chasse aux Sangliers de nos jours

La cuisine bleue

Le facteur ne passait pas de bonne heure et notre ferme était presque à la fin de son parcours. Nous allions donc ma sœur et moi chercher le courrier au café du centre là où le facteur faisait une pause quand le soleil était au zénith. Ce jour-là, au retour, nous avions avec nous une lettre de notre père que l'on pouvait reconnaitre car l'enveloppe portait le sigle du ministère de la guerre. Après lecture notre mère nous dit : « « votre père arrive demain et on ira le chercher à l'arrêt du car ». Il a une permission et il va rester tout le mois. Nous étions très contents ma sœur et moi car papa ne venait pas souvent. Il vivait dans une chambre affrétée par le ministère à Paris et il se réjouissait de revoir sa famille mais aussi de retrouver la vie à la campagne loin du bruit et de la pollution, son bureau donnait sur la place de la Concorde.

Le voyage était assez long, de la gare de Lyon à Montélimar d'abord en train puis en autobus « compagnie Teste » jusqu'à Montbrison. Sept heures de train et deux heures de car qui passait par toutes les petites bourgades et s'arrêtait constamment.

Le lendemain, en fin d'après-midi nous étions tous endimanchés comme pour aller à la messe, ma sœur a même eu droit à un grand nœud blanc dans les cheveux.

C'était au mois d'août, il faisait très chaud, et de surplus habillés comme nous l'étions, nous marchions surtout à l'ombre. On coupait court à travers les champs de lavandes que l'homme et sa faucille avaient décoiffé de ses belles fleurs violettes, pour ne laisser que des touffes vertes. On traversait le ruisseau sur un pont de fortune fait avec quelques planches, on passait devant l'ancien restaurant-auberge de la grand-mère et nous reprenions la route goudronnée pour arriver au pontaujard.

Nous connaissions bien l'endroit car il y avait sous le pont un gourd où l'on pouvait se baigner. Quand il n'y avait pas beaucoup d'eau on entassait des pierres pour faire un barrage et le niveau montait assez vite jusqu'à nos genoux. Quelques fois notre petit lac artificiel pouvait tenir deux ou trois semaines si le Mistral et les orages n'en décidaient pas autrement.

Le car arrive, les passagers descendent, deux seulement dont notre père. Embrassades, questions, réponses et nous voilà en route pour la ferme. De nouveau re embrassades et mêmes questions et mêmes réponses. « Tu as fait bon voyage ? tu n'es pas trop fatigué ? tu as faim ? tu as soif ? Tout le monde était aux petits soins pour notre père. On se doutait que dans la valise il y avait certainement un cadeau pour nous. En effet, il y en avait un et même deux, un pour ma sœur et un autre pour moi. Un livre de fables illustrées pour chacun de nous. Et, chose exceptionnelle ce livre pouvait parler. Sur une page, plus épaisse que les autres il y avait comme une aiguille coudée collée sur du papier Canson qui servait de haut-parleur et on posait cette aiguille sur ce mini microsillon. Par un petit trou à l'aide d'une pointe nous faisions tourner le disque et il en sortait un son : une voix qui parlait, plus on le faisait tourner vite plus il parlait vite. Nous étions ébahis, ma sœur et moi tout comme le reste de l'assistance. Mon grand-père, qui était quand même instruit, était un peu jaloux de voir le succès que mon père remportait avec nous lui qui essayait de nous distraire pendant des semaines et de s'esclaffer « bien sûr c'est facile de trouver ça à Paris », sous-entendu « c'est facile d'acheter les enfants avec des cadeaux ».

Mon père nous racontait qu'à Paris on ne fermait pas les portes. Elles se fermaient toutes seules. On s'imaginait un monde comme dans Alice au pays des merveilles. Bien sûr, plus tard on a eu la possibilité de contrôler la véracité de ses dires. Force a été de constater que c'était vrai. Dans les grands magasins et dans le métro les portes se fermaient automatiquement et, à cette époque, il fallait le voir pour le croire. Il faut dire que la porte moustiquaire de la cuisine qui précédait la vraie porte et qui consistait d'un cadre en bois sur lequel un fin grillage était tendu se fermait aussi automatiquement. Il y avait un fil avec un contrepoids qui passait par un anneau fixé sur le mur et attaché sur la porte. Quand on ouvrait la porte celle-ci tirait sur le fil, le poids montait et par inertie en descendant fermait la porte.

Après un bon repas campagnard notre père donna des nouvelles de la capitale et de sa vie de moine au ministère.

Vu que notre père allait rester un mois les grands parents avaient fait une liste de quelques menus travaux pour lesquels son assistance serait la bienvenue.

Le chantier numéro un : repeindre la cuisine. Pas avec ces peintures modernes non, mais à la chaux car c'est le seul produit qui refoule les cafards, punaises, fourmis et autres vermines. Première étape tous les meubles dehors y compris L'horloge comtoise hormis la cuisinière en fonte trop lourde et surtout trop utile pour la confection des repas.

La table de la cuisine et les chaises prirent place sous la treille qui produisait des raisins rouges « le jaquet » avec lequel on faisait un petit vin assez fort que toutes les fermes de Provence faisaient en petite quantité et qui se nommait officiellement « le vin de treille ». A partir de ce jour et toute la semaine nous prenions nos repas dehors et on trouvait ça formidable. C'était assez surprenant de constater qu'avec ce climat d'exception les gens mangeaient toujours à l'intérieur. Il paraitrait que c'est à l'intérieur de la maison qu'il fait le plus frais et où il y a le moins d'insectes selon les dires des gens du cru.

La deuxième étape constituait à mélanger la chaux avec du sulfate de cuivre, qui servait normalement à « sulfater » les vignes pour combattre le *« Mildiou » et qui donnait une belle couleur bleue appelée vulgairement « bouillie bordelaise ». Tous les murs passés au *« badigeon », renaissaient du néant. Une grande cheminée dans laquelle brulaient de grosses buches la majeure partie de l'année produisait aussi de la fumée qui encrassait les murs. Ceux-ci allaient passer du gris noir à un beau bleu comme le ciel de Provence.

Il fallait bien sûr protéger les dalles romaines, volées certainement sur quelques voies antiques, héritage d'une ancienne colonisation. Ces dalles mesuraient un mètre sur soixante centimètres chacune et leur patine témoignait d'un usage ancestral et peut être que jules césar lui-même les avait piétinées.

L'escabeau en bois avec ses quelques marches pratiques pour atteindre les hauteurs avait fait sa sortie du fin fond de la remise et qui, petit à petit, changeait de couleur grâce aux gouttes mal contrôlées de papa, il devenait, à nos yeux, de plus en plus beau. Cette phase avait pris quelques jours et maintenant c'était le tour de la décoration artistique. Tous les murs étaient maintenant de couleur « bleue ». A l'aide d'une éponge trempée dans un extrait de « garance » additionné de chaux et de « bouillie bordelaise » la finition pouvait commencer. Bleu plus rouge donnait un joli grenat. D'ailleurs on se servait de la garance pour colorer les pantalons de l'infanterie française en rouge et ce jusqu'à la première guerre mondiale. Un érudit, spécialiste de l'armée française s'était aperçu que sur le champ de bataille il mourait plus de français que d'ennemis. La raison était simple les autres étaient en gris ou en vert et se confondaient avec le paysage. Le rouge écarlate par contre attirait les balles et c'est pour cela qu'à partir de ce moment-là la couleur kaki domina et sauva nombre de vies françaises car il faut dire que les français sont constamment en guerre contre quelqu'un.

Cette étape de finition était réalisée par les artistes de la famille donc ma mère qui avait délaissé sa couture pour la créativité et mon père avait lâché son gros pinceau pour donner dans le détail. La couleur était versée sur une assiette et ma mère tamponnait une éponge sans forcer sur le mur, soit en rangée verticales soit en diagonales ce qui donnait des empreintes identiques à chaque application. Mon père lui s'occupait des frises à dix centimètres du plafond. Pas de bandes autocollantes à cette époque mais des bandes de journal que ma sœur et moi découpions et enduisions de colle faite avec de la farine et de l'eau. Notre père tamponnait lui aussi pour remplir l'espace entre les deux bandes. L'avantage c'est que les bandes en papier ne collait pas beaucoup tant que ça restait humide et après un cours temps de séchage on pouvait les retirer et essuyer les bavures avec un chiffon.

Cette technique de papier enduit de colle à la farine servait aussi à calfeutrer portes et fenêtres quand on faisait bruler du souffre dans une pièce pour éradiquer toute forme d'intrus dont les punaises de lit. Il fallait, bien sûr aérer cette pièce pendant plusieurs jours.

Ce grand projet terminé on remettait, Petit à petit, les meubles en place et, malheureusement, nous reprenions nos repas à l'intérieur au grand dam des futurs parisiens.

L'inauguration n'avait pas lieu mais chacun se félicitait du résultat. La cuisine, sentant le neuf, pouvait maintenant attendre la prochaine décade pour que les murs noircis de nouveau pouvait espérer devenir bleu comme le ciel une nouvelle fois.

Pour mon père ce n'était pas, évidemment, les travaux d'hercule mais il y avait de quoi faire. La canalisation en terre cuite qui amenait l'eau de la source à la fontaine ne produisait plus la même quantité d'eau. Le tilleul qui se trouvait sur sa route avait eu l'idée d'envoyer ses racines s'abreuver dans le tuyau. Par une petite fente la petite racine avait trouvé passage et grandissait se gavant d'eau fraiche. Il fallait donc creuser avec un pic cette terre dure comme du fer jusqu'à trouver la canalisation. Ceci fait mon père brisa le tuyau en terre cuite vieux comme Hérode et attrapa cette « queue de rat » longue de plusieurs mètres. On ne comprenait pas comment l'eau pouvait passer au travers. Ces menus travaux occupaient beaucoup mon père et peut-être qu'en fin de compte il était content de retourner à Paris.

Mildiou : Maladie de la vigne
badigeon : gros pinceau rudimentaire

La garde des chèvres

Dans toutes les fermes, et même dans les villages, les gens avaient des chèvres et aussi des Brebis. Les chèvres donnaient le lait pour le fromage et les chevreaux qui étaient très appréciés pour leur chair et qui le sont toujours d'ailleurs. Les brebis, Hormis la production de laine, servaient uniquement à produire des agneaux qui, outre la consommation personnelle, se vendaient bien. Les marchands faisaient leur tournée dans tous les villages pour acheter les agneaux qu'ils amenaient à l'abattoir de Grillon. Puis ils étaient par la suite acheminés dans les commerces des grandes villes.

La Transhumance

Cela a existait depuis le moyen-âge mais ne se pratique plus de nos jours. Les chèvres et les moutons sont élevés dans des fermes spécialisées dans les montagnes par des bergers qui élèvent cinq à six cents moutons à la fois. A la fin du printemps les moutons partent en un cortège précédé par les ânes qui portent le sel et la *« biastre ». Ils s'en vont ainsi pâturer plus haut dans les montagnes où l'herbe est fraiche et abondante. Le cortège est encadré par des chiens qui remettent sans cesse de l'ordre dans le troupeau. C'est ce qu'on appelle la transhumance.

Dans les villages donc les habitants avaient des chèvres qu'il fallait sortir de l'étable qui se trouvait toujours au rez-de-chaussée des habitations. Durant l'hiver l'étable procurait du chauffage pour l'étage au-dessus. Toutes les étables donnaient sur la rue et dans tout le village les odeurs émanant de ces rez-de-chaussée étaient différentes de celles que l'on connaît aujourd'hui. Le soir, après le travail, on pouvait voir les femmes et leurs bêtes qui se dirigeaient vers les montagnes environnantes. A cette époque elles étaient recouvertes uniquement d'herbes et de « boustrigas ». Cette sortie avait deux buts, l'un était de nourrir les chèvres gratuitement et l'autre de ramasser le bois mort pour en faire des fagots qui serviraient à fournir l'énergie pour préparer les repas dans la grande cheminée de la cuisine.

Les montagnes étaient « tondues » par les chèvres et le bois ramassé et emporté par les habitants qui laissaient ainsi les lieux propres. C'est ce que l'on pourrait appeler de nos jours des actions écologiques, mais ils ne le savaient pas. C'était tout simplement naturel et nécessaire. De nos jours ces montagnes sont recouvertes de chênes verts et sont devenues presque impénétrables.

Mais pour nous, comme dans toutes les fermes, c'était différent. L'étable était plus grande et nous avions des terres pour faire paitre les animaux.

Toujours en fin d'après-midi, quand le soleil était plus bas et qu'il faisait moins chaud ma sœur ainée, Sylvette, et moi nous attendions Mauricette, la fille d'Aimé Estran de la ferme voisine, qui était un peu plus âgée que nous de quelques années. Tous les membres de sa famille avaient des prénoms provençaux qui se prononçaient avec l'accent du midi. La sœur de Mauricette s'appelait Mireille, leur mère Clémentine et la grand-mère Albine.

Mauricette arrivait par le chemin qui jouxtait notre ferme. Nous l'attendions avec nos deux chèvres et elle, elle arrivait avec une trentaine de brebis. Nous partions en cortège, les brebis derrière le mouton et nous, nous fermions la marche avec le chien. Ce que l'on appelait le mouton, c'était un male gros et belliqueux qui faisait la loi dans le troupeau. Ma sœur et moi en avions une peur bleue car le grand père qui nous racontait toujours des histoires, vraies ou fausses, relatait le nombre de fois ou le mouton avait donné un « coup de boule » aux gens qu'il croisait sur son passage.

Nous avancions en direction du ruisseau que les gens appelaient « la riaille » en Provençal, qui se jetait dans le Lez. A quelques centaines de mètres de là les bêtes pouvaient étancher leur soif. J'ai appris plus tard que le vrai nom de ce ruisseau sur les cartes d'état-major était « l'Aigue-longue ». Nous traversions un bout de terre qui n'était pas cultivée et où la nature avait fait du bon travail. Il y poussait là d'énormes jeunets qui de début Juin à fin juillet étaient en fleurs. Des milliers de petites fleurs jaunes qui non seulement égayaient le paysage mais plus encore l'embaumait. Les jeunets ne sont pas nourrissant pour les bêtes mais agréables à voir. Ils étaient utiles aussi. Le grand-père, comme dans la chanson « Janeton prend sa faucille », faisait de même et coupait les longues tiges pour en faire un gros bouquet. Le tout bien ficelé et bien serré il taillait ensuite les bouts les plus fins. Il ne restait plus qu'à remettre l'ancien manche qui était encore bon et il avait ainsi un nouveau « escoube », balai en Provençal.

Arrivés au bord de l'eau petite pause pour les bêtes, le berger et les bergères de fortune. Il y avait là, près de l'eau de la terre glaise (ou c'était, peut-être, de l'argile) avec laquelle nous façonnions des petits personnages qui devaient ressembler à des santons. Mais nous manquions certainement d'expérience. Ils ressemblaient plus à des pantins qu'à des santons.

Mauricette Estran 20 ans plus tard.

Chaque jour la pause se faisait au même endroit et l'on avait construit un village avec ses habitants en miniature. Le soleil qui séchait nos créations les faisait souvent craqueler ou les réduisait en poudre si ce n'était l'œuvre des brebis qui, sans respect aucun, avaient l'audace de passer juste là pour aller s'abreuver.

Au bord de ce ruisseau se trouvait les vestiges d'un moulin à grain qui était, il y a longtemps, alimenté par une grande roue qui fournissait l'énergie pour moudre le grain. Une crue avait emporté le moulin avec le meunier. Il ne restait plus que quelques pans de mur. On ne parlait pas de réchauffement climatique à l'époque mais les gros orages et les crues existaient déjà.

Là on coupait quelques roseaux pour confectionner divers objets. Il ne faut pas oublier qu'en tant que « garçon » j'avais toujours un couteau en poche ce qui confirmait la différence entre garçons et filles. Soit on confectionnait un « galoubet » (genre de flute) duquel on pouvait faire sortir quelques sons, pas toujours justes, ou bien alors on faisait une sarbacane qui nous permettait d'envoyer assez loin des baies sauvages telles que genièvres ou autres.

Nous confectionnions aussi, à partir de ces roseaux qui étaient en fait des cannes à sucre, d'autres objets. L'intérieur creux de ces cannes nous permettait de confectionner un tube bouché à une extrémité et percé d'un petit trou sur le dessus. On partait alors à la recherche de petites boules creuses qui poussaient sur les vieux chênes blancs. Il n'y en avait pas beaucoup et il fallait chercher. Quand on les trouvait on prenait la boule que l'on tenait au-dessus du petit trou et on soufflait dans le tuyau. La petite boule flottait dans l'air et c'était celui qui pouvait garder cette boule dans l'air le plus longtemps possible.

Le périple, toujours le même, passait par les truffiers du grand père que les brebis n'avaient pas l'air d'apprécier car il n'y avait pas beaucoup d'herbe mais que les chèvres en revanche, elles, aimaient car elles voulaient toujours grimper dans les arbres. Dans la truffière, les chênes étaient entretenus et les troncs dépourvus de branches et de feuilles, non pas pour faire plaisir aux chèvres mais pour pouvoir caver les truffes sans prendre des branches dans la figure.

On passait devant le cabanon du père Estran qui servait, comme tous les autres cabanons dispersés dans toute la Provence, à ranger les outils pour ne pas avoir à les porter tous les jours en allant travailler les champs mais aussi pour faire une petite sieste à l'ombre quand épuisé le paysan prenait le temps d'une petite pause. On traversait les champs de lavandes qui avaient le même pouvoir qu'aujourd'hui d'embellir la nature de la mi-juin à mi- juillet, tout comme les jeunets. On revenait par les muriers dont les feuilles était le dessert des chèvres. Les muriers étaient taillés très courts en hauteur pour pouvoir couper les branches sans avoir à prendre l'échelle. En principe les chèvres étaient interdites de séjour dans les muriers car toutes les feuilles servaient à nourrir les vers à soie et les branches dépourvues de feuilles étaient destinées aux lapins qui en grignotaient l'écorce. Ma sœur et moi laissions faire les chèvres quelques instants, mais pas trop, pour pas se faire réprimander par la grand-mère.

Tous les muriers avaient été plantés à l'époque où la culture du vers à soie s'était développée dans la région ce qui apportait un revenu supplémentaire pour les Paysans qui avaient du mal à joindre les deux bouts. Pour économiser la bonne terre qui servait aux plantations nobles, on plantait les muriers toujours en bord de route ou de chemin. De nos jours on en voit encore quelques spécimens qui ont survécu au temps et à l'oubli, au bord des fossés.

Au début des années cinquante il y avait encore quelques magnaneries dans la région dont celle de la grand-mère. On coupait des branches de murier pour nourrir les larves qui grouillaient dans le grenier sur des cadres tendus de grillage fin. Il fallait approvisionner ces petites bêtes tous les jours car elles avaient un appétit féroce. Une fois mangées les branches dénudées étaient servies aux lapins. Plus tard, les larves devenues grosses s'enveloppaient de fil pour former les cocons que les marchands venaient chercher pour en extraire le fil à soie, matière première des filatures. Ces fils étaient enfin utilisés par les tisserands pour produire des tissus qui se vendaient bien dans la région de Lyon et s'exportait même dans toute l'Europe.

Après les muriers nous nous rapprochions du poulailler de notre ferme. C'était là qu'on se séparait de

Mauricette. Elle retournait à sa ferme avec ses brebis et nous reprenions nos deux chèvres sans oublier les adieux et la promesse de se revoir le lendemain à la même heure.

La grand-mère « Alphonsine « que ses amis appelait « fanfan » était prête avec l'écuelle pour traire les chèvres et commencer la confection des tomes fraiches.

Les chèvres qui portaient un nom dont je ne me rappelle plus étaient très capricieuses, voleuses et insoumises. On les retrouvait parfois sur les toits du poulailler ou même dans la maison en quête de bonnes choses à se mettre sous la dent. Je me souviens que la seule fois ou notre mère nous a quittés pour un voyage à Paris afin de retrouver notre père. Elle avait fait sa valise et avait consciencieusement écrit une étiquette qu'elle avait fixée sur la valise, à l'aide d'une ficelle, au cas où celle-ci se perdrait.

Elle devait prendre le car au « pontaujard » seul endroit où il y avait un arrêt et cela faisait bien deux kilomètres à parcourir. Ce pont sur le lez construit par les Romains était un des plus vieux de la région et il est toujours là.

Un cri retentit ! C'était la grand-mère qui s'esclaffait et qui parlait aux chèvres : « boudi » « quèsaco la cabre » en Provençal. La chèvre avait mangé l'étiquette !

*Biastre : Casse-croute ou provisions

Transhumance

Les senteurs

C'est une chose indéniable, en Provence ça sent bon. A Chaque saison ses senteurs. Lorsque ma sœur, Mauricette et moi nous traversions la campagne avec les chèvres et les moutons on ne pouvait pas manquer de toucher les plantes dans la nature qui, de suite, réagissaient en libérant leur parfum. Au mois de juin dès que nous approchions des jeunets nous pouvions déjà sentir cette odeur un peu suave et très forte que ces grands arbustes produisaient.

Coupe des Lavandes en juillet

Plus loin quand nous approchions du petit ruisseau nous traversions un bout de garrigue et rien qu'en frôlant les plantes les odeurs se dispersaient. Ce mélange d'émanations, mais quand même distinctes des unes des autres, du romarin et du thym sauvage arrivait jusqu'à nos narines.

Une des senteurs les plus fortes étaient quand nous traversions les champs de lavandes. Seulement en frôlant les tiges avec nos jambes quand nous marchions dans ces rangées bien alignées, ces effluves, très caractérisées se dispersait dans l'air. Mais alors si nous avions le malheur de cueillir un ou deux brins et de les frotter entre nos doigts on ne pouvait plus se débarrasser de ce parfum pendant toute la journée.

Différemment lorsque nous descendions au jardin potager, en contrebas de la ferme, nous passions devant cette haie de lauriers. Pas les lauriers roses qui n'ont pas beaucoup d'odeur mais les lauriers sauces avec leurs larges feuilles dentelées qui parfumaient les tians et autres gratins que toute cuisine Provençale contenait dans ses recettes. Par contre il fallait les froisser pour qu'elles dégagent une odeur aromatique avant d'arriver jusqu'à nos narines.

Dans ce beau coin de la France le nombre de condiments ne peut pas se compter sur les dix doigts de la main.

Si, dans les collines on trouve du thym on trouvera aussi à côté la Marjolaine sauvage qui sert souvent en cuisine et qui dégage au touché une odeur camphrée. On la connait mieux en dehors de la Provence sous le nom d'origan. Quand le thym sauvage colore les collines en violet dès le printemps la marjolaine les colore en blanc dès les premiers jours d'automne.

Toujours dans ces collines quand nous partions juste avant l'hiver pour trouver quelques « pieds de moutons « ces petits champignons blancs qui se cachaient sous les petits arbustes, surtout sous les pins on trouvait aussi des fleurs séchées dont les effluves ne contentaient pas nos narines. Les immortelles qu'on pouvait ramasser pour faire des tisanes qui avaient, peut-être, quelques vertus mais si la saveur égalait l'odeur il valait mieux s'abstenir.

Quand ma mère ou ma grand-mère nous disait à ma sœur et à moi-même « allez chercher du fenouil pour accompagner les écrevisses que Maurice à sorti de la rivière ce matin » on savait où aller. Cette plante poussait surtout dans les fossés au bord des chemins et ça remplaçait l'aneth. Cette plante était verte au printemps, devenait jaunâtre à cause de la sécheresse, qu'elle supportait fort bien et se couvrait de fleurs jaunes en septembre. Quand nous les cueillions nos mains sentaient l'anis le reste de la journée. Les graines ajoutées au vinaigre blanc servaient de condiment pour la confection des bocaux de cornichons

La sauge sauvage que nous avions du mal à trouver dans les collines et même aux abords de la rivière « le Lez » faisait partie des plantes dont la grand-mère concoctait quelques élixirs qui devait soi-disant donner de l'énergie, cette plante avait une odeur camphrée et si on abusait d'en mettre dans les plats cuisinés ceux-ci devenaient amers. Les fleurs de tilleul servaient aussi mais pour un résultat contraire, en tisane ça faisait dormir. Certains locaux disaient que les tisanes pouvaient avoir deux vertus différends, en infusion: on verse de l'eau frémissante sur les herbes, en décoction en faisant bouillir les herbes dans de l'eau. La différence est énorme en tisane ça apaise en décoction ç'est euphorisant.

Il y avait dans cette nature, autour de la ferme, une foison de plantes aromatiques et, si nous ne cultivions pas le thym et le romarin qui poussait naturellement à quelques mètres de la ferme, nous pouvions quand même cultiver des plantes comme le basilic, l'angélique et la menthe poivrée pour la seule raison que nous n'avions pas besoin de se déplacer dans les collines pour les ramasser quand la cuisinière en avait besoin.

Le tilleul devant la maison sentait bon aussi dès que ses fleurs couvraient l'arbre entier à la fin du printemps avant qu'elles ne couvrent le sol d'un épais tapis vers le début juillet.

Il y avait aussi tous les arbres fruitiers qui en fleurs, émanaient des odeurs aussi déférentes les unes des autres et qui à l'automne nous embaumaient de leurs relents de fruits murs.

Il est certain que les senteurs dans les rue de la capitale ne pouvaient pas se comparer à celles de la Provence.

Le Péageon en 2018 où habite toujours Mireille Estran

La fête votive

Les grandes chaleurs sont derrière nous et le début septembre s'annonce beau. La température dans la journée est plus agréable et les soirées, encore longues, nous permettent de rester dehors en bras de chemise. Les châles des grands-mères sont encore dans les placards et ne sortiront pas avant la fin du mois.

Une effervescence exceptionnelle autour du café « le Ccentre » présageait quelque évènement d'importance. En effet le premier weekend de septembre, c'est la fête votive. Pas question de manquer ça car les distractions ne sont pas multiples à Montbrison sur Lez ni dans les villages voisins.

Ma sœur et moi, curieux comme tous les enfants nous prenions nos bicyclettes pour aller voir ce qui se passait.

Le boulodrome avait fait peau neuve pour recevoir le concours de boules. Devant le boulodrome, des hommes s'affairaient à la construction d'une cabane qui s'avérerait plus tard être un stand de tir et qui, dans la journée profiterait de l'ombre de cet énorme murier centenaire.

Sur la droite du café, sous la remise, d'autres hommes étaient occupés à pousser une de ces charrettes « plateau » qui servaient normalement à transporter la lavande et qui servirait d'estrade pour l'orchestre.

De retour à la ferme, nous étions en état de rapporter des nouvelles fraiches sur l'évolution des préparatifs pour ce grand jour.

Nous faisions de même le lendemain, notre curiosité étant notre motivation. Le stand de tir était presque fini, l'estrade de fortune avait été recouverte de toile pour cacher les roues et décorée de sarments et de feuilles de vigne qui commençaient à prendre quelques couleurs.

Les hommes, membres du comité des fêtes du village, accrochaient des guirlandes électriques qui éclaireraient la piste de danse.

Devant la cave « Montlahuc » deux personnes s'efforçaient de mettre en place un drôle d'engin. C'était rond haut de 20 centimètres et faisait au moins 2 mètres de diamètre. Une fois déchargé de la charrette nous pouvions voir qu'il y avait une douzaine de compartiments, le dessus était fermé avec du grillage à poules comme au poulailler de la grand-mère.

Il nous faudra attendre le jour de la fête pour comprendre de quel jeu il s'agissait.

De retour à la ferme, nous faisions état de nos découvertes. Ma sœur et moi, parlions en même temps, exaltés à l'idée de ces futures réjouissances.

Le surlendemain nous partions pour une nouvelle mission de reconnaissance vers le centre. Une affiche accrochée à la porte d'entrée du bistrot annonçait le programme des festivités.

Samedi à partir de 15 heures inscription pour le concours de boules en doublettes. Deux jeux, entre les marronniers, de 27,5 mètres sur 4 mètres chacun, étaient fin prêts pour recevoir les joueurs. Pas un concours de pétanque car ce jeu inventé par les Marseillais ne se jouait pas sur ce boulodrome conçu pour jouer au vrai jeu de boules : « la Lyonnaise » ou « la longue ». La Pétanque vit le jour en 1905, appelée « pés tanqués » en provençal. Inventée par un joueur qui, accidenté, se trouvait en chaise roulante et ne pouvait plus courir pour lancer la boule. Les copains, par solidarité, firent de même en traçant un cercle de 50 cm de diamètre sur le sol les deux pieds dedans impérativement l'un contre l'autre.

Le concours commencerait officiellement à 17 heures et se terminerait le dimanche soir.

Le bar serait, comme toujours, ouvert toute la journée et, à partir de 19 heures, le stand de tir accueillerait les premiers clients.

Bal musette à partir de 21 heures jusqu'à épuisement des musiciens.

Nous étions vendredi. Donc il ne restait plus qu'un jour à attendre.

Mon père étant à Paris ne participerait pas au concours étant lui-même excellent joueur qui avait, dans sa jeunesse, gagné plusieurs fois le concours.

Un coup d'œil sur cet engin rond mystérieux ne nous apprenait rien de plus que le jour précédent.

Le lendemain nous trouvions le temps long, vu que personne de notre famille n'était inscrit au concours, nous n'irions à la fête qu'en début de soirée.

Après le repas du soir voilà tous les habitants du Péageon, la grand-mère, le grand père, notre mère, ma sœur et moi, partions pour la fête, à pieds bien sûr.

Bonne surprise. En arrivant au centre il y avait une nouvelle baraque, que nous n'avions pas vue pendant nos expéditions de reconnaissance les jours précédents. Nos yeux ont failli sortir de leurs orbites en voyant que c'était un marchand de confiseries. Sucres d'orge, caramels, pâtes de fruits, nougat, berlingots et j'en passe. Notre mère ne pouvant rien refuser aux désirs de ses enfants sortit son porte-monnaie. Et nous voilà avec un sucre d'orge à la main. Je n'ai jamais su pourquoi un sucre d'orge avait toujours la forme d'une canne rouge et blanche mais il devait y avoir une raison. Il m'a fallu des années pour avoir une explication qui n'a jamais, par ailleurs, été confirmée. Ce ne serait pas une canne mais un J renversé. J comme jésus. Le sucre d'orge étant, soi-disant, créé pour la Noël. Le blanc symboliserait la pureté et le rouge le sang versé par le christ pour effacer les péchés de l'humanité.

La famille se trouva une petite place pour s'assoir et commander quelques consommations. Vin rouge pour les grands, grenadines à l'eau pour ma sœur et diabolos menthe pour moi. Et là commençaient les échanges de politesse car tout le monde connaissait tout le monde et les embrassades ainsi que les poignées de main allaient bon train.

Les gens arrivaient petit à petit et la cour du bistrot se remplissait. Les joueurs de boules étaient toujours actifs et ils continueront tard dans la soirée. Beaucoup de spectateurs autour du boulodrome, ce jeu étant populaire. Sur chacun des terrains, deux équipes de 2 personnes, s'affrontaient avec 3 boules chacune. Le règlement est très compliqué. Le terrain est délimité sur 7 zones. Des 4 côtés du jeu les boules qui dépassent ces lignes sont annulées. Le joueur qui lance la première boule prend de l'élan et ne doit pas dépasser la première ligne c'est-à-dire 5 mètres avant de lâcher sa boule. Les boules pèsent au maximum 1,3 kg chacune.

Un jeu peut durer longtemps et c'est pour cela que le concours se tient sur 2 jours. Chaque équipe perdante a une séance de rattrapage en jouant contre d'autres équipes perdantes et les gagnants de cette « consolante » rejoignent le concours.

Laissant les parents à leur table je m'approchais du stand de tir. Et là... surtout des hommes et, si on y voit une femme, c'est que les hommes veulent leur prouver qu'ils sont les meilleurs tireurs du monde et veulent surtout les impressionner.

La plupart des clients sont des jeunes. Après être entré en possession d'une carabine de 22, le but était de tirer sur des petites pipes en céramique qui éclataient en mille morceaux sous l'impact de la balle. Ces petites pipes étaient creuses et entouraient une tige en fil de fer qui portait une sorte de carte postale couverte de paillettes qui scintillaient sous la lumière. Certaines étaient même affublées de plumes roses ou autre couleur et souvent un cœur trônait sur cette carte. Mais les motifs de ces cartes étaient toujours des femmes très légèrement vêtues ce qui, bien sûr attisait ma curiosité.

Il y avait bien sûr des cibles où les moins frivoles pouvaient se prouver ou prouver à d'autres qu'ils étaient bons tireurs.

Il nous restait, à ma sœur et moi-même, d'aller voir de l'autre côté de la route devant la cave Montlahuc à quoi servait ce jeu mystérieux. En se frayant un passage entre les gens qui nous cachaient la vue, on trouvait la réponse à cette énigme. Il y avait en tout 12 cages, qui formaient un cercle, sur lesquelles on avait apposé un numéro de 1 à 12. Dans ces cages, il y avait une carotte et rien d'autre. Cela devenait de plus en plus énigmatique. Nous regardions les joueurs qui se concertaient et qui échangeaient des pronostics. Finalement, certains d'entre eux déposèrent une pièce d'un franc sur un des numéros. Le propriétaire du jeu sorti d'une boite en carton un magnifique petit lapin qu'il déposa au milieu du cercle. Ce petit lapin avait le choix entre 12 carottes et il hésitait soutenu par les « non pas là », « va plus loin » des joueurs. Après un suspense interminable, le petit lapin opta pour la carotte numéro 12 sur lequel personne n'avait misé et donc pas de gagnant ce coup-ci.

De retour à notre table pendant que les femmes se parlaient entre elles, le grand père me prit par la main pour me montrer un « jeu d'hommes ». Derrière le boulodrome il y avait un autre jeu de tir. Celui-ci consistait à « tirer » des boules sur des bouteilles vides placées sur une poutre. A une distance d'environ 9 mètres, il fallait avec trois boules, casser 3 bouteilles. Si c'était le cas, le lot à gagner était une bouteille de vin de chez Monlahuc, cette cave se trouvant à 20 mètres du bistrot sponsorisait les lots. Derrière la poutre il y avait une palissade qui empêchait les boules de partir dans la nature. Les boules pesaient environs un kilo chacune et les lancer n'était pas un problème mais la trajectoire était très difficile à calculer vu que les bouteilles n'étaient pas à même le sol. Il fallait donc envoyer les boules plus haut de façon à ce qu'elles retombent sur les bouteilles. Le grand père essaya les trois boules et à la fin les trois bouteilles étaient toujours là.

Ah, dit-il, si ton père était là les bouteilles ne resteraient pas entières. Tout fier d'entendre des éloges sur mon père, nous retournions à notre table.

Les ampoules de couleur formant des guirlandes s'allumèrent toutes en même temps et, comme un signe prévu par les organisateurs, l'orchestre se mit à jouer.

L'orchestre était constitué de trois personnes, un batteur, un joueur d'accordéon et un « multi musicien » qui pouvait jouer soit de la clarinette soit du saxophone et même parfois des castagnettes lorsqu'un paso-doble endiablé mettait le feu à la piste. Le « Be bop » apporté par les soldats américains en 1945 n'était pas encore arrivé jusque dans ces campagnes retirées.

Au début il n'y avait que deux ou trois couples sur la piste mais l'exemple de ces courageux danseurs attirait d'autres couples et bientôt la piste était pleine. Tangos, Valses et pasos se suivaient et s'enchaînaient. Tout le monde avait l'air de s'amuser et même ma mère fut invitée à une danse dont je ne suis pas certain que son cavalier eût bien compris de quelle danse il s'agissait.

Après un autre diabolo menthe et autres verres de vin rouge pour les adultes, c'était au tout de ma sœur et de moi-même d'aller sautiller sur la piste sous l'admiration des grands parents et de notre mère.

Nos chaussures couvertes de poussière nous quittions la piste de danse en terre battue pour retrouver notre table.

Le marchand de sable faisant son apparition il fut décidé de rentrer à la maison.

De retour à la ferme nous pouvions entendre la musique comme si nous y étions. Nous dormirons les fenêtres fermées cette nuit.

Le lendemain, dernier jour de fête, serait tout à fait identique au premier jour.

Le concours de boule continuerait jusqu'à déclarer les vainqueurs qui remporteraient la coupe. Ce n'était pas le trophée par lui-même qui comptait mais la notoriété de grands joueurs de Lyonnaise.

Nous avons eu l'autorisation le dimanche d'aller en bicyclette jusqu'au marchand de sucreries et de revenir avec un paquet de berlingots de Carpentras.

En fin d'après-midi nous ferions tous un petit tour jusqu'au centre pour voir qui avait gagné le concours, mais nous ne restions pas pour le bal du soir. On pourra suivre la fête à distance de la maison grâce à la musique que nous entendions portée par la bise.

Le boulodrome de Montbrison sur Lez en 2018

Epilogue.

Ces petits récits sur mes souvenirs d'enfance ne sont certainement pas complets. Il y en a certainement beaucoup d'autres, dans ma tête, mais ils sont restés enfermés dans ma mémoire. Ils sortiront peut-être un jour. J'ai entendu dire que plus on vieillit plus on se rapproche de son enfance. Les souvenirs que j'ai décrits sont dans ma mémoire depuis toujours. D'autres font surface catalysée par une situation soudaine ou encore à la vue d'un lieu qui génère une image dans ma tête. Bien sûr, aussi, le fait de se replonger dans ses souvenirs en refont sortir d'autres.

Je n'ai pas les dates exactes des situations décrites, mes parents sont décédés et je n'ai, apparemment pas été assez curieux, pour leur poser des questions quand ils étaient encore vivants.

Quand nous avons quitté la ferme nous n'avons pas habité la capitale comme prévu mais à Rambouillet à quarante-cinq kilomètres au sud-ouest de Paris. Mon père a du quitté le ministère avec regrets pour être affecté au 501 régiment de chars de combat seul endroit ou un logement décent était vacant.

Les logements militaires avaient été établis dans les anciens logements des gardes royaux du château datant du 17eme siècle dans le parc à cinquante mètres de celui-ci. Le château étant résidence présidentielle était surtout occupé lors des grandes chasses officielles. Donc tout ce beau monde passait sous nos fenêtres.

Vincent Auriol, René Coty, le grand Charles et bien sur tous les invités de marque rois et présidents de grands pays. Il y aurait de quoi écrire quand les enfants de « La caserne des gardes du roi », comme ce bâtiment se nommait, était convoqués pour faire une haie d'honneur et applaudir au passage des illustres invités comme « pour faire de vrai » pour la télévision où alors comme rabatteur dans la célèbre forêt de Rambouillet pour faire fuir les faisans que Mac Milan ou Georges Cinq devaient abattre pour ensuite être exposé sur « le tapis vert » du château. Après les photos officielles devant le tableau de chasse les chasseurs étaient conviés à un festin National au château.

Là commençait une autre époque et, sans doute, d'autres souvenirs.

Un an après la naissance de mon petit frère mon père partait pour la guerre d'Indochine. Pas au front cette fois mais dans les bureaux d'état-major au camp de Cholon à quelques kilomètres de Saigon. C'est là que les décisions se prenaient sans trop de risques. Mon frère avait quatre ans quand nous sommes allés accueillir mon père de retour à Paris, ma mère lui disait « dis bonjour à ton père » et en le regardant il dit : Bonjour Monsieur !

De retour dans son unité et après avoir repris une vie « normale » il repartait pour deux ans pour la guerre d'Algérie. De retour, las de l'armée et de ses contraintes après 25 ans de loyaux services et trois guerres, il prit sa retraite et entreprenait une nouvelle carrière comme expert-comptable dans les éditions de musique classique rue Saint Honoré à Paris. Après la guerre il avait suivi une formation de comptable au ministère des armées. Après 20 ans il prit sa deuxième retraite à l'âge de 70 ans.

Mon père au camp de Cholon (banlieue de Saigon Indochine) en 1954 sous les ordres des généraux Massu et Salan.

L'auteur de ces mémoires d'enfance en 1943

A la ferme en 1948 *1949*

1947 en Allemagne

Et quelques années plus tard notre première communion à Rambouillet.

Mes deux frères l'année de leur naissance.

Michaël 1986
Jacques 1952